W0282529

Ilija Trojanow

Autopol

Rudolf Spindler ist Redakteur und Chef vom Dienst bei **jetzt**, dem Jugendmagazin der Süddeutschen Zeitung.
Adresse:
http://www.jetzt.de

Autopol ist ein »online-road movie«: Science-fiction, entstanden als »Novel in Progress« auf dem digitalen Asphalt des Datenhighways. »Novel in Progress« ist eine literarische Reihe von ZDF-Online (aspekte) im Internet.

Adresse:
http://www.zdfmsn.de
Online-Grafik: Rudi Leitermann
Online-Redaktion: Gerald Giesecke

ZDF.online

aspekte

Ilija Trojanow

in Zusammenarbeit mit
Rudolf Spindler

Autopol

dtv
premium

Originalausgabe
September 1997
© 1997 Deutscher Taschenbuch Verlag GmbH & Co. KG,
München
Umschlagkonzept: Balk & Brumshagen
Umschlagfoto: © TCL / Bavaria Bildagentur
Gesetzt aus der Myriad 11/14'
Layout und Satz: dm druckmedien gmbh, München
Druck und Bindung: Kösel, Kempten
Gedruckt auf säurefreiem, chlorfrei gebleichtem Papier
Printed in Germany · ISBN 3-423-24114-4

Für Anna Franziska, Manu und Jonas,
in diesem Jahrtausend geboren,
um im nächsten zu leben.

Teil 1

... damit der Richter dich im Auge behalten kann

Sten Rasin

Das wars. Jetzt haben sie mich endgültig stillgelegt. Der Tropfen, der das Faß zum Überlaufen bringt, O-Ton hohes Gericht. Sie holen dich neuerdings zur Verhandlung nicht einmal aus der Zelle raus; du schaust in die Kamera, gibst dein Statement ab, wenn dir überhaupt was zu sagen erlaubt ist, und setzt dich wieder auf die Pritsche. So ist es vorgesehen, damit der Richter dich im Auge behalten kann, damit er sehen kann, wie du reagierst, wenn du das Zauberwort hörst, das dein Schicksal besiegelt, wenn er AUSSCHAFFUNG verordnet. Das Verfahren hat mich von Anfang an nicht sonderlich interessiert, abgesehen davon, daß dieser Tropfen etwas überflüssig war und unnütz und ich eigentlich bei der Aktion von Anfang an Bedenken hatte. Aber die anderen, die wollten unbedingt mal wieder die Produktion von TETA sabotieren, du bist auf deine Gruppe angewiesen, du mußt gelegentlich unsinnige Entscheidungen mittragen, egal, es ist passiert. Ich habe während der Verhandlung in der Zelle meine Übungen gemacht, habe besonders laut gestöhnt, wenns bei den Liegestützen allmählich schwieriger wurde, bis ich nur noch meinen Atem und meinen Puls hörte, und mich auf das Drücken konzentrierte und sonst nichts. Als ich eine Pause einlegen mußte, fiel es mir auf, es sprang mich an, die Lautstärke war so, daß wohl die ganze Verwahrung mithörte: *Rasin, hast du vernommen, Rasin, nimmst du das Urteil an?* Was für ein Schwachsinn, sie wollen dich verschwinden lassen, und du sollst das auch noch annehmen. Der Richter schrie, und ich fing an, einen Pickel auszuquetschen, den ich auf meinem Oberarm bemerkt hatte. Da ging die Tür auf, hatte lange gedauert, das haben sie von ihren Sicherheitsvorkehrungen, die brauchen eine Ewigkeit, bis sie es in die Zelle schaffen. Zu sechst diesmal. Haben dazugelernt, neulich kamen sie zu dritt, und ich mußte auf den Durchgang raus, obwohl ich meine Zelle so ungern verlasse, und mußte nach einem Sanitäter rufen, weil die Kamera gerade ausgefallen war, sonst wären die drei mir noch auf dem Fußboden in meiner Zelle verblutet.

Sie kamen rein, setzten mir sofort eine Ladung, und Sekunden später glitt ich in die Kindheit ab, und noch ein paar Sekunden später war ich ein schlafendes Baby. Nicht daß ich es mitkriegte, aber ich habe es ja oft genug bei anderen erlebt.

… dann wird die Sonne abgeschnitten

Sten Rasin

Es ist ein seltsames Gefühl. Der Schlitz gibt ein wenig Leben preis, breit wie eine Messerklinge ist er, und wenn man mit den Augen ganz nahe herangeht, erkennt man mehr als nur Sonnenlicht. Ein Radfahrer mit einer dieser typischen grellen Kuriertaschen, eine Gruppe Schulkinder, die sich mit Geschrei überhäufen, ein Mädchen, das Eis lutscht, die Augen haken sich daran fest, aber es bringt nichts, der Kleintransporter, der uns zum Transit bringt, biegt um eine Ecke.
Natürlich, wie immer: Murphy´s Law, sehe ich als letztes eine Frau, ein Kleid, das eine Handbreit über dem Knie endet, zwei schöne Beine, aber die Beine sind es nicht, die ganze Haltung, sie steht da und verabschiedet mich, auf mich wirst du verzichten, sagt sie, und ich spüre, daß es vielleicht stimmt, was manche sagen, nach Autopol zu kommen ist wie Sterben.
Dann wird die Sonne abgeschnitten, wir fahren in den Transitbereich, wir steigen aus, es ist nüchtern und klinisch, wir müssen uns umziehen, weil Autopol von TETA verwaltet wird, die Hochsicherheitsgefängnisse dagegen von VEBA. Die Haare werden geschnitten, falsch, man wird kahlgeschoren. Seitdem das eingeführt wurde, läuft kein Mensch mehr draußen freiwillig kahl herum, es sei denn, er will alle naslang kontrolliert und befragt werden. Und aufgezogen werden. Und die ganze Zeit kein einziger arschgesichtiger Wächter, an dem man sich hochziehen könnte, den man beschimpfen

und provozieren könnte. Nur eine Stimme über Lautsprecher. Einzeln in Kabinen rein, den Kopf unter eine Riesenhaube, das surrende Geräusch, dann das Zwicken und Ziehen, bis die Haare weg sind. Derweil leuchtet auf einem Screen vor einem der eigene Namen auf, gefolgt von den wichtigsten Lebensdaten, die da sind: wann ich zum ersten Mal aktenkundig, wann straffällig geworden bin, welchen illegalen Organisationen ich angehört habe (immer noch angehöre, das beweise ich denen noch) und so weiter.
Wenn man nicht schnell das tut, was die Stimme ziemlich höflich, sanft sogar, einem vorgibt, dann ertönt eine andere Stimme und gibt bekannt, daß man in einer Minute betäubt wird, sollte man den Anweisungen bis dahin nicht Folge geleistet haben. Diese Zeitform, die hat mich immer fasziniert, dieses aus der Zukunft nach hinten schauen.

Aus irgendeinem Grund ist das die Lieblingszeitform der Beamten und Bürokraten und Wächter und Richter … sollten sie bis dahin sich nicht eines weiteren Verbrechens schuldig gemacht haben, dann verjährt ihr Eintrag … Betäubt werden bringt ziemliche Kopfschmerzen, ich denke, daß jeder es vorzieht, die Haare ohne Kopfschmerzen abzugeben. Manchmal ist Widerstand sinnlos.
Dann wartet man auf Schalensitzen in einem Raum mit

einem großen Monitor hinter einer durchsichtigen Wand, wartet bis alle umgezogen und kahlgeschoren sind. Die Tür rechts schließt sich, auf dem Monitor erscheint ein Bild, das Gesicht eines Mannes, der im Namen des Autopoldirektors zu uns spricht.
Er erklärt uns die Regeln. Nicht so wie früher in den Gefängnissen, als der Direktor eine inspirierte und engagierte Rede voller offener und versteckter Drohungen hielt. Der hier, dem scheint es ziemlich egal zu sein, ob wir die Anweisungen befolgen oder nicht, wahrscheinlich, weil wir gar nicht anders können, als uns daran zu halten. Das Bild erlischt, links geht die Tür auf, und die sanfte, höfliche Stimme bittet uns in einen ziemlich großen Lift, der sich kurze Zeit später auf der anderen Seite öffnet und uns in einen anderen Raum entläßt. Später erst werde ich begreifen, daß das unser neues Zuhause ist, unser neues Gefängnis, unsere – 79fache – neue Hölle.

... die Richter sollte man hinten reinstecken

Morgens, Ruhestelle OST 3

Die Piloten Walden und Ole, der alte Seelversorger Harm und zwei Sicherheitsbegleiter aus den Iso-Transportern von Walden und Ole

– Auf dem Lieferschein steht nur 79 Objekte. Sonst nichts. Wann haben die das eingeführt, gabs da mal eine Info? Nichts gewußt hab ich, ist auch beschissen, ich mein, ich kutschier die monatelang rum, durch halb Europa, und ich weiß nicht mal, was das für Perverse sind. Das möcht man schon gern wissen.
– Siehs doch als Spielchen, macht dein Leben spannender. Ich sehe sie mir seitdem auf dem Monitor genauer an, Ricky hat mir das programmiert, Ricky hat dafür ein Händchen, seht, wie er grinst, jedes Gesicht ist so für ne Minute drauf.
– Eine Minute! Nach einer Stunde ist dein Spielchen vorbei. Was machst du danach, die anderen 23 Stunden und die anderen dreißig Tage?
– Deine Kinnwarze in Nahaufnahme studieren, Großmaul, das war nur ein Beispiel. Ich schau sie mir an und überlege, was der da auf dem Kerbholz hat, was den dort hierherbringt, und wenn ich auf so nen Milchbubi stoße, der grad Fingernägel kaut und aus dem Mundwinkel sabbert und drei blonde Haare als Bart hat, da kannst du Gift nehmen, das ist der Typ, der sechs Mädchen zerstückelt hat, nachdem er sie im Keller wochenlang als Sexpuppen benutzt hat.

– Walden, übertreib mal nicht so, den Fall gabs vor Jahren, eine Ausnahme, wenn es je mal eine gegeben hat.
– War auch nicht bei uns.
– Na und, meinst du, Sachsen oder Wallonen kriegen sowas nicht hin? Außerdem machts ja Spaß zu raten, wer der Typ ist, der drei Erwachsene erwürgt hat!
Das Fließband bringt fünf Kaffee und drei Frühstück Integral.
– Hier, kauf dir was Schönes, meine Süße.
Harm spuckt auf einen Geldschein und preßt ihn auf das schwarze Band.
– Welcher ist denn der gesüßte?

– Kannst du dir die Farben nicht mal endlich merken, Ricky? Wales ist good bye, du bist jetzt in Europa.
– Was macht die Scheidung, Ole?
– Was heißt machen? Es geht alles kaputt. Ich hab keine Ahnung, wieso ich hier die Jahre geschuftet habe. Zehn Jahre wollt ich rumkriegen, das hätt gelangt für dieses Leben. Aber

dieser Richter hält das hier für einen Kurort, denkt, ich verdien die Chips locker beim Herumbrausen. Dem haben sie ins Gehirn geschissen! Hat das Weib jemals in einem Cockpit gesessen, Tag für Tag, 12 Stunden am Stück? Hat sie jemals diesen beschissenen Kaffee trinken müssen? Hat sie sich etwa mit dem allerletzten Abschaum abgeben müssen?
– Is gut, Söhnchen, is gut.
– Wir müssen, Ole, drei Minuten zum Take-off.
– Die Richter sollt man hinten reinstecken, einen Tag unter den Kerlen, die sie ausschaffen. Wie würd ihnen das bekommen!
– Bis später, Leute.
– Fahrt vorsichtig.
– Und nicht zu schnell, ich höre, die Bullen sind wieder unterwegs.
– Du könntest dir auch mal wieder einen neuen Witz einfallen lassen. Sparen kannst du woanders.

… ich will endlich mal was Großes schreiben

Der Journalist notiert

Was soll denn da Neues rausspringen, hat Alpman gesagt, haben wir doch schon x-mal im Blatt gehabt. Das krieg ich in der Konferenz nie durch, der Chef bekommt die Krätze, wenn ich ihm mit Autopol komme. Verschanzen sich hinter der Konferenz oder dem Chef. Machen die immer so, wenn sie eine Story nicht wollen. Selbst der Alpman hängt jetzt sein Fähnchen nach dem Wind. Hat doch glatt behauptet: Das will doch niemand lesen. Das bißchen Platz, das ich habe, das kann ich doch nicht mit 20.000 Zeichen über Mülltransporte füllen. Solche Reportagen, hat er noch gesagt, sind Schnee vom letzten Jahrtausend – sein Lieblingsspruch –, wir leben nicht mehr in der Castor-Zeit. Wie du dich da immer reinhängst, würdest am liebsten gleich eine Serie daraus machen. Worüber wir reden könnten, wäre was über einen Kinderschänder oder über die Geschichte eines Typen, dessen Frau im Garten vergraben liegt. Kannst du mit sowas aufwarten?
Was antwortest du darauf? Am besten gar nichts. Daß es nicht nur um den Müll und den Schrott und den Abschaum geht, sondern darum, daß TETA mittlerweile halb Europa im Sack hat – damit brauche ich denen nicht zu kommen. Der Chef kriegt für einen Festvortrag bei TETA 50.000 Euro, hat Alpman neulich abend behauptet. Und du willst da im Müll rumstochern. Daß ich nicht lache.
Ich will diese Geschichte machen. Von mir aus auch mit dem

Schwerpunkt über Dominanztäter (wenn er diese geschwollene Terminologie hören würde, er würde mich sofort feuern). Kriegen die alles. Ich war doch nicht sechs Jahre auf dem Kommunikationscollege, um als Textknecht zu enden, der Pressemeldungen umschreibt und Termine ins System eingibt. Ich will endlich mal was Großes schreiben, habe ich dem Alpman gesagt (mit dem Hintergedanken, Ehrgeiz zeigen ist gut). Hat er geantwortet: Du willst doch nur auf Verlagskosten einige Wochen zum Recherchieren verschwinden, weil dir diese Online-Redakteurin so den Kopf verdreht hat. Daß ihr euch immer die falschen Frauen ins Bett holen müßt.

Kommt davon, wenn man mit den Brüdern dauernd zum Saufen geht. Am Ende des Abends weiß man nicht mehr, was man geredet hat. Wissen alles über dein Privatleben. Und das benutzen sie im geeigneten Moment gegen dich.

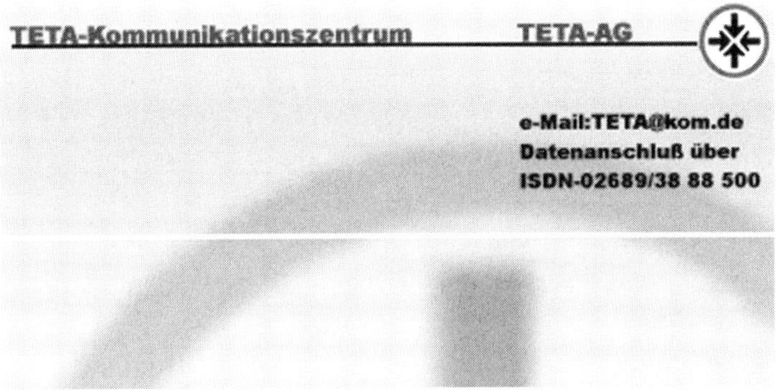

INTERNE MITTEILUNG. AN ALLE, DIE ES BETRIFFT

Es folgen zehn Musterantworten auf die häufigsten Fragen, denen Sie in der Öffentlichkeit seitens der Presse, aber auch von Verwandten und Freunden ausgesetzt sein könnten. Bedienen Sie sich dieser Antworten, um Mißverständnisse zu vermeiden. Sollten Sie eigenmächtige Erklärungen abgeben, müssen Sie mit weitreichenden Konsequenzen rechnen.

1. WAS IST AUTOPOL
Ein in sich geschlossenes System, ein vom restlichen Verkehrsnetz abgetrennter Teil der Autobahn, betrieben von Europas führendem Konzern TETA.

2. WELCHEN ZWECK ERFÜLLT AUTOPOL
Die Kapazitäten des europäischen Staatenverbunds im Bereich Haftanstalten, forensisch-psychiatrischer Kliniken und Endlagerstätten sind erschöpft. Durch das effiziente und flexible System von Autopol werden fast grenzenlose neue Kapazitäten gewonnen, die für das Funktionieren von Gesellschaft und Wirtschaft inzwischen unersetzlich sind.

3. WAS BEDEUTET AUSSCHAFFUNG
Ausschaffung ist ein juristischer sowie umwelttechnischer Begriff, der bei Sondermüll die Verfrachtung in Spezialtransporter bezeichnet, und bei Menschen die Verurteilung in letzter Instanz zu lebenslänglichem Entfernen aus der Gesellschaft; der Vollzug dieses Urteils beginnt in den Iso-Transportern von TETA.

4. WER WIRD NACH AUTOPOL AUSGESCHAFFT
Schwerverbrecher (Mörder, renitente Sexualtriebtäter, Terroristen); Gewohnheitsverbrecher (den Gerichten steht es frei, einen mehrfach verurteilten Täter auszuschaffen: nach drei Eigentumsdelikten bzw. vier Gewalttaten).

5. WAS WIRD NACH AUTOPOL AUSGESCHAFFT
Atommüll, anderer Sondermüll, Kontaminate aus bakterieller, virologischer und chemischer Forschung bzw. Produktion.

6. WAS GESCHIEHT MIT DEM AUSGESCHAFFTEN
Es zirkuliert als Zwischenlagerung in Autopol, bis es zur Endlagerung in außereuropäische Regionen, besonders nach Afrika, weitergeschafft wird. Je nach Schwere ihres Verbrechens werden die Ausgeschafften zur Zwangsarbeit abgestellt oder in die Verbannung geschickt.

7. WAS SIND RUHESTELLEN
Logistische Knotenpunkte in Autopol, die der umfassenden Versorgung dienen. Über sie werden Nahrungsmittel und Getränke geliefert, die sanitären Anlagen instandgehalten, wird der gesamte Nachschub vollzogen. Einige Ruhestellen verfügen über Kliniken, Krematorien, Serviceabteilungen wie Friseure. Verwaltungszentrale jeder Ruhestelle ist das Kom-

munikationszentrum (Komzentrum). In jeder der vier Zonen (Ost, Nord, West, Süd) existieren je vier Ruhestellen.

8. WELCHE ÖKONOMISCHE BEDEUTUNG HAT AUTOPOL
Autopol garantiert mehrere zehntausend Arbeitsplätze im mittel- und westeuropäischen Raum, in vielfältigen Tätigkeitsbereichen wie etwa Verwaltung, Elektronik, Reinigungslogistik, im Transport- und Sicherheitswesen. Zudem spart der Staat jährlich mehrere Milliarden Euro, weil er nicht in weitere Haftanstalten oder Lager investieren muß. Mit Autopol bietet TETA die günstigste Lösung für industrielle und soziale Probleme.

9. WIE IST ES UM DIE SICHERHEIT AUTOPOLS BESTELLT
Autopol genügt höchsten Sicherheitsstandards. Es drohen der Gesellschaft keine Gefahren mehr, weder durch entflohene Schwerverbrecher noch durch Giftmüllunfälle. Der Zugang zu Autopol wird durch speziell konzipierte Schleusen reguliert. Die Ausgeschafften sind in Isolationstransportern untergebracht, die ihnen keine unnötigen Freiräume öffnen. Bislang hat es in Autopol keinen Ausbruch und keinen Unfall gegeben.

10. WIESO MÜSSEN DIE TRANSPORTER ZIRKULIEREN
Gemäß den Richtlinien der Europäischen Kommunalsteuer (EKomST) dürfen Gemeinden jeden Schwer-, Sonder- oder Gefahrentransport, der sich länger als zwölf Stunden auf ihrem Gebiet aufhält, besteuern. Diese Steuern, deren Festsetzung im Ermessen der Gemeinden liegt, übertreffen meist um ein Vielfaches die Kosten für das In-Bewegung-Halten der Transporter.

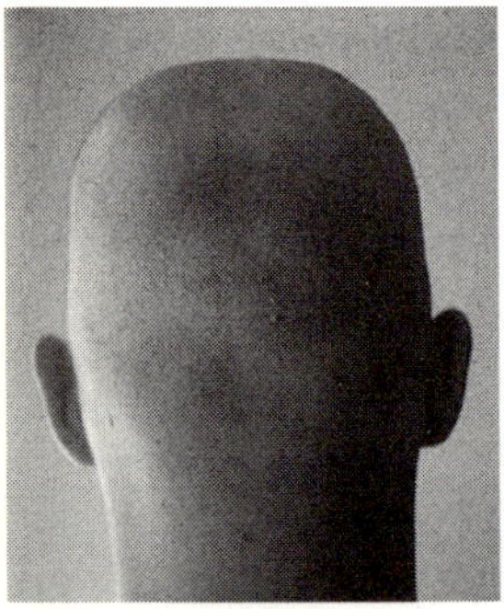

Schwänchen
Grund der Verurteilung: wiederholter Versuch des mehrfachen Giftmordes, mehrfache Erpressung sowie versuchte Erpressung.
Psychogramm: introvertiert, kalt, fühlt sich immer benachteiligt.

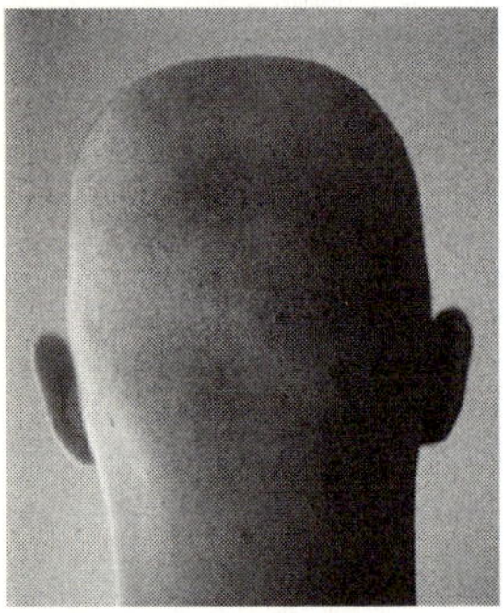

Arsenia
Grund der Verurteilung: unerlaubte Sterbehilfe, in zahlreichen Fällen vermutlich ohne Einwilligung der Opfer.
Psychogramm: weinerlich, mimosenhaft, hysterisch.

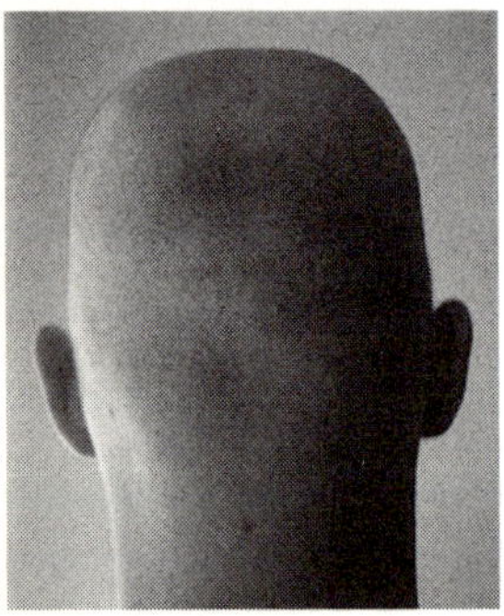

Zirkel
Grund der Verurteilung: mehrfache schwere Körperverletzung; nahm Menschen gefangen, die er beschuldigte, ihm Übles angetan zu haben, und ritzte ihnen mit einem japanischen Messer geometrische Formen in den Körper.
Psychogramm: unkontrolliert, launisch, leicht beeinflußbar, paranoid.

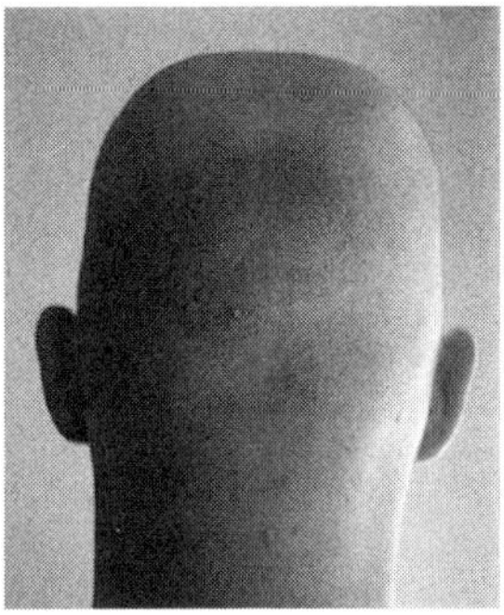

Klept
Grund der Verurteilung: hundertfache Sachbeschädigung, Raub, Diebstahl, Hehlerei.
Psychogramm: pathologische Mißachtung des persönlichen Eigentums, hohes Aggressionspotential.

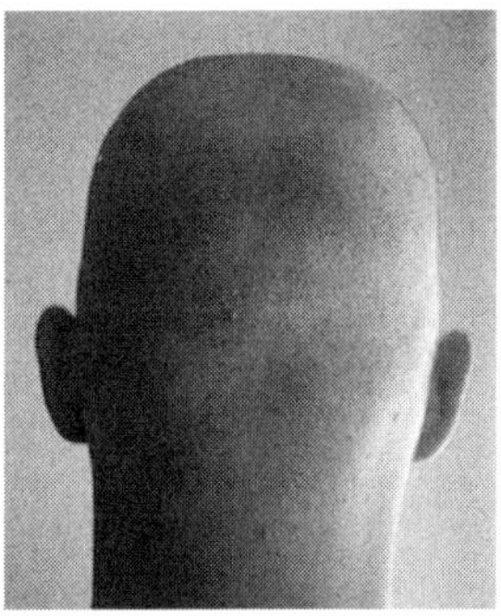

Monster aus Marseille
Grund der Verurteilung: Mord an einer Nachbarsfamilie.
Psychogramm: geringe Intelligenz, gepaart mit Sadismus.

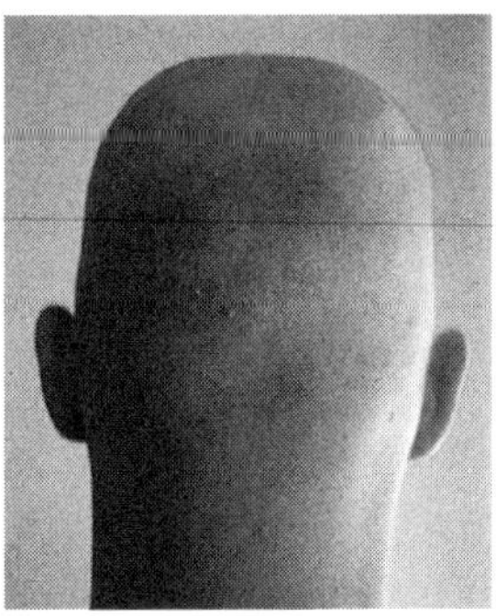

Sten Rasin
Grund der Verurteilung: Landfriedensbruch, Volksverhetzung, Beleidigung, Sachbeschädigung, Körperverletzung, Gründung einer illegalen Organisation, Nötigung.
Psychogramm: hohe Intelligenz, gepaart mit politischem Fanatismus, sieht sich als politischer Häftling.

20

… keiner wird während seiner Alpträume vergewaltigt

Sten Rasin

Erfahrung kommt immer später, als man sie braucht. Wir Neuen hatten keine Ahnung, daß es Unterschiede zwischen den Kojen gibt, wie wichtig es ist, die richtige Koje zu ergattern. Die Umgeladenen besetzten sofort die hinteren Plätze, und die sollten sich bald als der gesündere Platz in der Hölle erweisen. Das wissen die Alteingesessenen. Die Kojen erinnern mich an einen Film, den ich als Kind gesehen habe. Einen Film über ein japanisches Hotel. Die Gäste legten sich in Särge, die in die Wände eines endlosen Korridors eingelassen waren. Und sie bezahlten viel Geld dafür. Nun, wir erhalten unsere Kojen kostenlos, sie schließen sich am Abend nach dem letzten Signal, so daß jeder abgetrennt ist und nachts nichts passieren kann, keiner wird im Schlaf erdrosselt, keiner wird während seiner Alpträume vergewaltigt. Klimatisierte Särge, absolut geräuschundurchlässig, kein Licht, keine Musik, kein Fernseher – unglaublich, das gab es alles in den VEBA-Gefängnissen – die Nacht hindurch. Wie lange die dauert, kann ich nicht sagen. Stunden werden hier nicht zugeteilt. Etwa einen halben Tag. Halbtags Leiche, die andere Hälfte Untermensch. Das Waschen läuft nach demselben Prinzip ab. Reinigungskabinen, ein durchsichtiger Kasten für die Kleider, ein Knopf für das lauwarme Wasser, das zweimal für einige Minuten läuft. Dazwischen kann man sich einseifen, wenn man will. Das ist eine der wenigen Freiheiten, die einem gelassen werden: die Geruchsfreiheit. Das ultimative Naturrecht.

Nach so vielen Jahren im Knast hast du einen Blick dafür, daß jemand Ärger sucht und daß er dich dafür auserwählt hat. Da hast du keine Chance, ihn davon zu überzeugen, sich den Ärger bei irgendeinem anderen zu besorgen. Du bist nicht gerade scharf darauf, wenn du aus der Reinigungskabine

trittst, einige Momente Wohlgefühl, und der Typ stellt sich dir in den Weg. Dir reicht ein Blick in sein Gesicht, du weißt, was ablaufen wird, du kannst das ganze Szenario bis auf den letzten Furz vorhersagen. Wozu es auf sich zukommen lassen. Schnell und genau treten, der Ärger krümmt sich am Boden, und die anderen haben hingesehen, haben es sich gemerkt. Die werden dich nicht so schnell wieder zum Tanz einladen. Die können wählerisch sein.

… und die Flocken regneten auf mich herab

Morgens, Ruhestelle OST 3

Drei weitere Piloten, der Sicherheitsbegleiter Martu und die Krankenschwester Tekla

– Immer noch da, Tekla?
– Solange Typen wie ihr hier rumlaufen, bleibe ich.
– Du bist einmalig, weißt du das, du bist das einzige Weib, das in Autopol auf Männerjagd geht.
– Sie hat Geschmack.
– Tekitekiteki, magst du mich? Na? Möchtest mal meinen Bizeps spüren? Darfst ruhig anfassen.
– Schwein.
– Sie hat schon wieder Geschmack bewiesen, mich wundert das gar nicht, draußen laufen doch nur Weicheier herum.
– Ich glaub, sie kriegt nen Thrill daraus, den Metzgern tief in die Augen zu blicken.
– Ihr seid perverser als die, die ihr bewacht.
– Du wirst doch nicht etwa weggehen, unsere Süße, geh nicht weg, o du Süße, o du Heilige.
– Siehst du, du hast sie vertrieben.
– Ich?
– Wer nimmt die Spiegeleier?
– Hast du gestern gesetzt?
– Und wie.
– Schau dir das Grinsen an, ich faß es nicht, Jackpot oder was, komm schon, komm, rück raus.

– Volltreffer.
– Wieviel?
– Mehr als du denkst, viel mehr …
– Martu hat immer Glück.
– Nichts da, Glück! Zwei Augen und etwas Hirn. Während ihr in der Kabine pennt, guck ich mir nämlich ganz genau an, was hinten abläuft.
– Das ist auch dein Job, können gern mal tauschen.
– Wißt ihr, was der größte Fehler ist? Der allergrößte Fehler der Menschen, egal was sie machen? Sie schauen sich die Sachen nur von außen an. So ganz oberflächlich. Hast nen Kerl mit einer unglaublichen Visage …
– Marke reintreten und sich wohlfühlen.
– … und mit einem unglaublichen Körper, den möchtest du betäuben, bevor er überhaupt was angestellt hat, einfach damit dir etwas wohler zumute ist.
– Ja und?
– Jetzt hör mal zu, du würdest auf den Typen setzen, oder? Du setzt auf solche Typen, und du pumpst mich immer an. Weißt du, wieso du immer verlierst? Weil die Visage ne Niete ist, wenn du genauer hingucken würdest; du würdest sehen, wie dieser Typ einen anderen anmacht, einen, der gerade aus der Reinigungskabine rauskommt, der halb so groß ist, doppelt so hübsch, und gleich danach liegt die Visage am Boden und johlt, johlt so stark, daß ich den Regler runterdrehen muß. Ganz ruhig macht der Hübsche das, die anderen gucken sich das an, und ich merk mir den Kerl, such mir den Namen raus, während die anderen ihn ziemlich beeindruckt angaffen. Stellt sich raus, daß der nen ziemlich seltsamen Namen hat. Nennt sich Sten Rasin, hab mir seine Datei angesehen, Ärger soviel du willst, der hat sein ganzes Leben lang nur Ärger gemacht.

– Und was hat das mit dem Kampf zu tun?
– Deine Spiegeleier werden kalt.
– Dieser Kerl kämpft gegen den Veteranen aus Marseille.
– Ach, du meinst den Kampf von gestern.
– Genau.
– Wer hat das denn eingefädelt? Martu?

– Woher soll ich das wissen? Ich habe mich gewundert, was dieser Sten Rasin beim Kampf verloren hat, ist überhaupt nicht der Typ dafür, aber kaum höre ich, daß er dabei ist, weiß ich sofort, was ablaufen wird. Alle Schwachköpfe setzen auf das Monster aus Marseille, die Wetten stehen so, daß mir warm ums Herz wird. Ich setz auf Sten und ordere mir einen verdammt feinen Whiskey. Den Rest brauch ich euch ja nicht erzählen, ihr habts gesehen. Wie ein Zauberer, schwupps, aus Marseille wurde Brei, und die Flocken regneten auf mich herab.
– Wieviel?
– Wieviel du verloren hast? Wenn ich nur daran denke, kommen mir die Tränen.
– Wieviel, Martu?

– Zwei Monatsprovisionen.
– Was?
– Kämpft dieser Rasin nochmal?
– Glaub nicht, ihr habt ja gesehen, der ist nicht wild aufs Kämpfen.
– War langweilig.
– Ich behalt ihn im Auge, wer weiß, vielleicht schenk ich ihm ne Flasche, guck mir auf dem Screen an, wie er trinkt und prost ihm zu, auf dich, Sten Rasin.

… das Gefühl, nicht mehr zurückzukommen

Der Journalist. E-Mail

Bist du mir böse, hast Du mich gefragt. Warum fragst Du mich das immer? Du weißt doch, daß ich Dir nicht böse sein kann. Ich wollte Dich heute nachmittag nur mal länger als fünf Minuten am Telefon sprechen. Und Dich fragen, ob du heute nacht bei mir schläfst. Ist doch meine letzte hier für die nächste Zeit. Wer weiß, wie viele Wochen. Mein erster Dienst in Autopol. Böse bin ich Dir nicht, aber wenigstens richtig zuhören hättest Du können, als ich Dir erzählte, wie ich mich bei Autopol eingeschmuggelt habe. Anstatt ständig zu unterbrechen und von den Eheproblemen Deiner Schwester zu reden. Stell Dir vor, bei TETA sind sie wirklich auf den Trick reingefallen. Dem Personalmenschen vom Einstellungsbüro habe ich einfach den Ausweis und die Zeugnisse meines Bruders auf den Tisch gelegt und versichert, daß der Putzjob für mich eine Chance sei, festen Boden unter die Füße zu bekommen. Haben mir alles abgekauft und mich zunächst zur Probe eingestellt. Neulinge sind bei uns niemals allein, haben sie gesagt. Wir arbeiten mit qualifizierten Kräften, und die merken schnell, ob Sie unseren Anforderungen genügen. Der Computer von TETA spuckte gleich aus, daß mein Bruder keine Schulden hat und keine Vorstrafen. Hätte nicht gedacht, daß das schwarze Schaf unserer Familie mir mal einen Dienst erweisen könnte. Weißt ja, wie lange ich nichts mehr von ihm gehört habe.
Ich habe nochmal Deine letzten E-Mails gelesen. Die Buch-

staben schwimmen herum, von rechts nach links, von unten nach oben, sie fliegen davon. Als Kind, bevor wir mit den Eltern in Urlaub gefahren sind, habe ich mich von allen mei-

nen Sachen einzeln verabschiedet. Von unserer Katze, von meinem Fußball, von jedem Bleistift in meinem Federmäppchen. Irgendwie hatte ich immer das Gefühl, nicht mehr zurückzukommen.
Alles wird gut, hast Du heute gesagt.
Ich denke daran und an Dich.

20

… was man sich alles einfallen lassen kann

Sten Rasin

Dummerweise hat sich einer der Wächter meinen Tanz angesehen. Holt mich am nächsten Tag aus dem Iso-Transporter heraus, und wir sitzen in einem kleinen Raum ohne Fenster. Er fängt an, mir irgendetwas zu erzählen, keine Ahnung was, irgendwann steht er neben mir und schreit. Ich höre ihn, und höre ihn nicht.
– Wissen Sie nicht, daß man in der Haft nicht zuhört. Da bin ich Meister. Was immer Sie sagen, ich höre es einfach nicht.
Der Schlag, der war eindeutig.
– Falsches Angebot.
Ein zweiter Schlag, den habe ich so schnell nicht erwartet. Der Typ will nicht spielen, das ist kein Sadist oder sowas, der will die Sache schnell erledigen.
– Etwas Zigarettenrauch öffnet meine verstopften Hörwege.
Er schob mir einen Stengel in den Mund.
– Soll ich wie Bogart aus dem Mundwinkel rauchen?
– Ja. Ich wiederhole das Wichtigste. Du kämpfst gegen ihn, bis einer flachliegt und nicht mehr kann, kein Aufgeben. Dafür werden wir dich in Zukunft liebevoll im Auge behalten. Morgen abend wird gekämpft.
– Gegen wen?
– Das Monster aus Marseille. Ich habe dich beobachtet. In einigen Minuten bist du mit ihm fertig und kannst Schlafengehen. Wenn du willst, darfst du dich danach nochmal reinigen.

– Und wenn nicht?
Er sah mich nur an. Der war genauso viele Jahre dabei wie ich. Zwei Profis sahen sich an. Wenn die Zeiten sich ändern, könnten wir ohne Probleme unsere Plätze tauschen, jeder kennt sich beim anderen bestens aus. Würde wie geschmiert laufen. Nur würde ich etwas mehr Phantasie haben, er würde staunen, was man sich alles einfallen lassen kann. Ich entschied: Brings gleich hinter dich, erledige das Schlimmste, dann haben alle Angst vor dir, die Häftlinge und die Würmer wie dieser hier. Das ist deine Lebensversicherung, die Angst der Wächter. Obwohl du ihnen nichts antun kannst. Die Angst vor deinem überlegenen Willen.

STOP

… weniger Zeit, als die zum Scheißen haben

Morgens, Ruhestelle OST 3

Harm der Seelversorger, eine Reinigungskraft, ein Küchengehilfe

– Du kennst die doch, Harm, besser als jeder von uns.
– Kennen, was soll das sein Söhnchen? Kennen tu ich Vorschriften. Die kenn ich gut. Die sagen, eine halbe Stunde hat jeder von ihnen bei mir gut, eine halbe Stunde alle zwei Monate, weniger Zeit, als die zum Scheißen haben.
– Paßt doch, Kotzen geht schneller als Scheißen.
– Enttäuscht mich nicht. Ich dachte, ich hätte euch wenigstens ein paar menschliche Züge anerzogen.
– Gibs auf.
– Nein, nein, nicht in diesem Leben, es haben schon genug aufgegeben.

… keine Zeit gehabt, seine Schwächen kennenzulernen

Sten Rasin

Einige wünschten mir Glück, dann war ich allein in dem langen Raum, der tagsüber uns 79 beherbergt. Die Schleuse öffnete sich, und er kam herein. Auf den ersten Blick: das Monster von Marseille, billige Theatralik. Aufgeblasener Name, aufgeblasener Typ. Der hat schon im Kindergarten die anderen mit seinen Kolbenhänden terrorisiert. Der hat keine Zeit gehabt, seine Schwächen kennenzulernen. Heute würde ich sie ihm zeigen, zu schnell, als daß er lernen könnte. Wir sahen uns an, aus ziemlich großem Abstand. Keine dummen Fehler am Anfang. Eine Stimme von oben, der Regisseur wohl. Der dumme Wächter hatte mir seinen Namen nicht sagen wollen, aber dann, gerade als wir aufstanden, kam eine Nachricht für ihn durch, und seitdem weiß ich ihn – Martu. Irgendwann werde ich ihm mit seinem eigenen Namen angst machen. Aber die Stimme von oben, das war ein anderer. Sagte nur: In einer Minute beginnt der Kampf. Ich näherte mich dem Monster etwas. Der hatte keine Absicht, die Anweisung nicht zu befolgen. Der wollte loslegen.
Er stürzte sich auf mich mit ausgetreckten Armen, als wollte er mich umarmen. Ein Armtyp, ein Fäustetyp. Ich sprang zur Seite. Er grunzte. Das Ganze machte ihm Spaß. Mir ging durch den Kopf, daß die Wächter vor den Bildschirmen hockten und sich einen abgeierten. Ahnte damals noch nicht, daß

die Kämpfe in ganz Autopol ausgestrahlt werden, die ausgeschaffte Form von *Eurovision*. Und ich wette, alle zwischen West 4 und Süd 3 haben auf den Marseiller gesetzt. Wenn es hart auf hart kommt … Zuviel denken ist ungesund. Er hatte einen meiner Arme erwischt, riß mich herum, ich gab nach, drückte mich mit dem einen Bein ab, ihm entgegen, und das überraschte ihn, er war mit seiner tödlichen Umarmung noch nicht soweit. Ich traf ihn, nicht genau genug, aber er zischte und sah mich verwundert an. Ich traf ihn noch zweimal, dann ging mir etwas die Kraft aus, und ich taumelte nach hinten. Gekrümmt stand er da, jaulte plötzlich auf, rannte aber nicht mehr so unüberlegt auf mich zu. Jetzt würde er aufpassen.

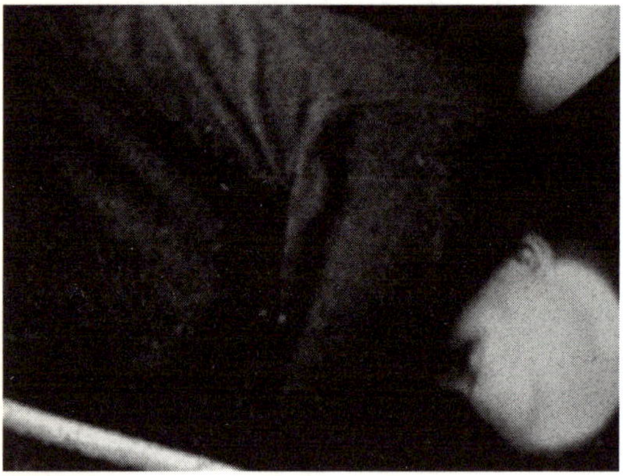

Als er das zweite Mal auf dem Boden lag und Anstalten machte, sich aufzurichten, sprang ich auf sein Gesicht, mein Knie an sein Kinn, das Kauen wird ihm ne Zeitlang weh tun, lehnte mich vor und flüsterte ihm ins Ohr: Ich weiß, daß der Kampf so lange dauert, bis einer total fertig ist, aber wenn du jetzt liegen bleibst, laß ichs gut sein.
Für einen Augenblick dachte ich, daß der Typ zu blöd wäre, das Angebot anzunehmen und sich mir wieder entgegen-

stemmen würde, aber dann schloß er seine Augen und ließ los. Er lag regungslos da. Ich richtete mich langsam auf, sah mich um, blickte in eine der Kameras und rief: Es ist vorbei. Macht auf. Der Kampf ist vor-beiiiii. Ich schrie, vor Schmerz. Der Fleischberg auf dem Boden war zu Leben erwacht und hatte mich erwischt, ich weiß nicht, ob mit der Faust oder mit dem Fuß. Ich weiß nur, es war mitten in die Eier, und ich schrie, fiel nach hinten, schlug mit dem Hinterkopf auf. Danach war es nur Überleben. Jeder von uns schlug um sich, es dauerte, bis ich zwischen seinen Schlägen wieder etwas klarer sehen, mir etwas überlegen konnte. Nur fiel mir nichts ein. Seine Bewegungen waren verlangsamt. Ich konnte ausweichen, das brauchte meine ganze Kraft. Bis das Monster mir den Gefallen tat zu stolpern. Ich sprang mit den Füßen voran in seine Beine, er kippte nach vorne, mein Ellbogen in seinen Magen, und ich merkte, daß er die Kontrolle verlor. Danach hatte er keine Chance mehr.

ORDER 1

Datum: Die, 7 SEP, 07:00:09
Von: TETA, zentrale, objekttransport
An: ISO-transporter 49
Personal: walden(pza 3120),
kippler(pzp 7477), martu(shb 2475)
Inhalt: 79 objekte
Strecke: ost1ost4
Geschwindigkeit: 25 km/h
Anweisungen: laufend

… wenn ich nur wüßte, wie ich sie entsorgen könnte

Gesprächszimmer. Harm der Seelversorger. Die Tür öffnet und schließt sich lautlos. Arsenia kommt herein, der fünfte Häftling an diesem Tag

– Ich bin ein Krüppel.
– Ich weiß, das sagst du immer.
– Sehen sie mich doch nur an, bin jetzt neununddreißig, kein Zahn mehr im Mund, und meine linke Hand ist voller Plastik und Schrauben. Die kaputte Hand haben die vom Gefängnis draußen auf dem Gewissen. Die haben mich zum Arbeiten gezwungen, obwohl der Arzt eine Sehnenscheidenentzündung festgestellt hat. Von wegen Simulant. Wollten mir nicht glauben, die Verbrecher. Haben mir nur eine andere Arbeit aufgedrückt, in der Wäscherei. Sieben Stunden am Tag Anstaltskluft zusammenlegen, die aus der heißen Mangel kommt. Richtig versäbelt haben die mich, bis die Hand ganz zerstört war und die Ärzte mir den Plastikknochen hineinschrauben mußten. Nach der Operation habe ich denen mit Selbstmord gedroht, falls ich ins Gefängnis zurück muß. Irgendwann waren meine Pulsadern offen, hat keiner mehr gelacht. Das fand niemand komisch, Angst haben sie gekriegt, die feinen Herren. Wenigstens gibts hier im Iso-Transporter keine Arbeit mehr und keine Schikanen.
– Genau, genau.
– Von heute auf morgen haben sie mich in diesen Riesenbus

gesetzt. Draußen gabs nur kleine Transporter, wenn sie dich von einer Anstalt in die nächste verlegten. Versetzungen haben wir das immer genannt. Und glauben Sie mir, Harm, ich bin viel rumgekommen, von einem Gefängnis zum anderen. Am Ende wußten die nicht mehr, wohin mit mir. Wenn du draußen rumgefahren wirst, siehst du wenigstens manchmal noch ein paar Leute. Ich erinnere mich, bei meiner dritten Versetzung, wie wir an einer Kreuzung anhalten, wegen einem Unfall, glaube ich. Alle gucken wir durch den Spalt – und draußen auf der Straße steht ein Vater mit seiner kleinen Tochter. Das Mädchen lacht, winkt, und wir lachen und winken zurück. Unser Lachen drängt nach draußen. Und was tut der Vater? Kriegt Angst, macht das Rübe-runter-Zeichen und schlägt seiner Tochter links und rechts ins Gesicht, bis sie laut weint. Ihre großen braunen Augen, wie Lutschbonbons. Wie das Mädchen heult und schreit, das hast du noch nie gehört, unglaublich. Unglaublich, sag ich Ihnen.
– Unglaublich, unglaublich.
– Hören Sie mir überhaupt noch zu?
– Natürlich, mein Sohn. Ich habe zwar gelernt, mit dem Zuhören sparsam zu sein, aber dir höre ich zu. Weißt du, was seltsam ist? Die Geschichten, die ich höre, nur einmal höre, die sind mir wie ins Gedächtnis gebrannt. Aufbewahrt.
– Vielleicht brauchen Sie die einmal.
– Weißt du, wie mich der Verwalter dieser Ruhestelle nennt? Unser Speicher. Sagt zu mir immer: Sie sind unser Speicher. Dabei fühle ich mich manchmal wie eine Abfalltonne für Geschichten. Lebensgeschichten. Aber nicht bei dir, mein Sohn.
…
– Wenn ich nur wüßte, wie ich sie entsorgen könnte.

... wie riechst du, Regenbogen?

Der Nutzlose

Der Nutzlose wacht auf, ein Frösteln unter seiner Haut, ein Jucken auf seiner Haut, er wälzt sich von Seite zu Seite, er reißt die Augen auf, sieht den Stacheldraht, wälzt sich auf die andere Seite; zwei Lichtgranaten explodieren in seinen Augen, und er vergißt das Frösteln und das Jucken, momentelang, in denen das schwere Atmen des Transporters ihm Angstschmerzen in den Kopf treibt.

Schon zwei Jahre neben den Pisten, und er kann sich nicht an diese Monster gewöhnen. Der Nutzlose steht auf, rollt seine Sachen zu einem Bündel zusammen, zwängt das Bündel in einen Rucksack, der hat vor zwanzig Jahren einen

Soldaten ausgestattet, so sieht er aus. Der Nutzlose hat kein Ziel, aber einen Instinkt, der ihn irgendwann, heute oder morgen, zu der Wasserstelle führen wird. Er haßt die Wasserstelle, weil er dort die anderen trifft, aber ohne Wasser nimmt das Jucken überhand.

Er sieht sich um, sieht drei Gruben, sieht Wasser glänzen, und die Erinnerung an den Regenguß von gestern ist so nah, daß er die Nässe spürt. Drei langgestreckte Gräben, wassergefüllt. Er ist schon zwei Jahre da und weiß, Wasser außerhalb der Wasserstellen ist gefährlich, giftig, unter Umständen, unter gewissen Umständen.

Auch ein Nutzloser will überleben. Er hebt seinen Blick von den Gräben und streut ihn über die Ebene und den Morgenhimmel. Er erstarrt. Was er sieht, kann nicht sein. Früher hätte der Nutzlose vermutet, der Rausch setze sich fort nach dem Schlaf. Hätte dem Suff jede Phantasie zugetraut, aber er kennt seit zwei Jahren keinen Rausch mehr. Er muß dem Anblick glauben, er muß an diesen Anblick glauben.

Ein Regenbogen ist selten, zwei Regenbögen auf einmal sind einmalig. Vor ihm sind es drei, übereinander, ein Wunder. Er möchte die Regenbögen riechen. Mund auf, schnellere Schritte, auf, er stolpert und schnieft, wie riechst du, Regenbogen? Wo beginnt dein Geruch?

An Chefredakteur

Todsicher. Das war das Neue an Autopol. Todsicher. Das ist das Neue an Autopol. Zum ersten Mal in der Geschichte des Transportwesens, so ließ noch vor Jahresfrist der Vorstandsvorsitzende von TETA verlauten, sei ein gefahrenfreies System entwickelt worden. »Selbst wenn Sie wollten, Sie könnten keinen Unfall produzieren.«
Dr. Simon hat damals in der Pressekonferenz für Lacher gesorgt – heute wird ihm das Lachen vergangen sein. Denn auf der Teilstrecke zwischen den Ruhestellen OST 2 und OST 3 starb gestern ein Fahrer. Durch einen Unfall.
Alle Eventualitäten seien bedacht, führte der Vorsitzende bei der Präsentation der Jahresbilanz aus, die einen Rekord-

Schon hat sich mein undercover-Einsatz gelohnt. Ihr habt ja keine Ahnung!
Ich habe einen Wahnsinnsskandal für euch: Gestern hat es einen großen Knall gegeben.

Erwarte Abbitte.

gewinn vor Steuerabzug verzeichnete. Autopol sei ausbruchsicher. Erdbebensicher. Sicher vor menschlichem Versagen. Aber offensichtlich nicht fledermaussicher.
Der Pilot Artur Herzog war ein alter Hase. Er kannte die Regeln, er kannte seinen Transporter. Er war ein zuverlässiger Pilot. Ein Pilot, den man für besonders gefährliche Transporte abstellen würde. Für chemischen Sondermüll etwa. Doch

niemand wußte – und konnte auch nicht wissen –, daß Artur Herzog angesichts von Fledermäusen panisch reagieren würde.
Es war kurz nach Einbruch der Dunkelheit, an einem Tag, der so heiß war, daß die Piloten die Seitenfenster offen ließen. Eigentlich ist das untersagt, aber Herzog haßte die Klimaanlage. Er fuhr mit 20 km/h, die Richtgeschwindigkeit auf Autopol. Er fuhr unter eine breite Spannbetonbrücke, in einen schwarzen Nebel hinein. Er hörte das tausendfache Flattern von Flügeln und die schrillen Laute, die einem das Blut

gefrieren lassen. Wenn er nichts getan hätte, wäre alles in Ordnung gewesen. Der Transporter wäre auf Autopilot durch den Fledermausnebel gefahren. Aber Herzog geriet in Panik – spätestens als sich einige der Nachtflieger in sein Cockpit verirrten, ihm um die Ohren schlugen, an der Windschutzscheibe abprallten. Er beschleunigte, er riß am Steuer. Kurz hinter der Brücke kam er von der Fahrbahn ab. Der 30-Tonnen-Transporter stürzte die Böschung hinab. Weitere Einzelheiten sind nicht bekannt. Weder, ob Giftmüll ausgetreten ist, noch, ob es sich bei den Tieren um Mausohren,

Zwerg- oder Mopsfledermäuse handelte. Man weiß nur, daß es viele waren. Wer hätte das gedacht – Autopol als Biotop. Nach diesem Unglück wird die alte Diskussion um Autopol, die in den letzten Jahren eingeschlafen ist, wieder aufflammen. Nicht nur die Frage nach der Sicherheit, sondern auch die nach der öffentlichen Verantwortung. Über die Jahre hinweg hat sich Autopol zu einem rechtsfreien Raum entwickelt, zu einem Konzernreich, das sich um das Schlechteste und Schmutzigste kümmert und im Gegenzug tun und lassen kann, was es will. Wie gefährlich eine solche Regelung für uns alle sein kann, hat sich spätestens gestern abend gezeigt.
P.S. Bitte recherchieren, wieso Feldermäuse in/unter den Brücken hausen. Wenn ich mich nicht täusche, bestehen diese Betonbrücken aus hohlen Kästen, vielleicht hat es damit was zu tun.

… Walzer auf die Gewaltenteilung

Ruhestelle OST 3

Der Seelversorger Harm, Sten Rasin

…
– Man darf hier reden.
…
– Natürlich dürfen Sie auch schweigen.
…
– Haben Sie nichts auf dem Herzen?
– Du darfst mich duzen, wird dich weniger anstrengen.
– Hast du nichts auf dem Herzen?
– Wieso gibt es professionelle Gefühlssammler? Was macht dich da an, den ganzen Schrott abzukriegen? Was macht dich geeignet? Wenn ich mir dein Gesicht ansehe, hast du das Leben bisher nicht besonders erfolgreich über die Runden gebracht.
– Bist du auf irgendetwas wütend?
– Du bist überhaupt nicht geeignet. Was war das für eine schwachsinnige Frage. Ich bin auf sehr viel wütend, besonders auf die Leute, denen du dienst.
– Ich diene niemandem, außer … vielleicht …
– Gott! Kannst es ruhig sagen, ich werde dich nicht auslachen. Gehörte doch früher zu eurem Einmaleins.
– Ja.
– Ihr seid richtig feige geworden. Früher mußte ein Rudel Löwen oder ein Sarazenenschwert her, um euch

einzuschüchtern, heute reicht schon die Angst, euch lächerlich zu machen. Der Herrgott wird mächtig stolz auf euch sein.

– Bist du hier, um mich zu belehren?

– Was hätte ich davon? In zehn Minuten trennen sich unsere Wege, für ein halbes Jahr oder für immer. Zufällige Bekanntschaften bekehrt man nicht, das müßten Sie doch wissen, Herr TETA-Missionar.

– Was tust du dann hier?

– Ich habe mich getäuscht, ich werde mich wieder zurückziehen. Ich dachte, du bist intelligenter. Ich langweile mich mit den Typen in dem Transporter. Man hat mir keine sehr gute Gesellschaft mitgegeben. Keine rechte Auswahl.

– Du hältst dich für intelligent?

– Ich habe mich letztes Jahr nur mit der Europäischen Verfassung beschäftigt. In Iso-Haft. Was anderes gab es nicht zum Lesen. Dann bin ich hierher gekommen, und jetzt habe ich nicht einmal mehr die Verfassung zum Lesen. Aber das ändert nichts, denn ich kenne sie schon in- und auswendig. Ich kann dir alle meine Rechte zitieren. Ich habe begonnen, sie zu vertonen. Ode auf die unveräußerlichen Rechte. Walzer auf die Gewaltenteilung. Raga zum Föderalismus. Wie soll man intelligent bleiben, wenn man sich mit sowas beschäftigen muß?

– Wenn du gehen willst, mußt du es nur sagen.

– Vielleicht bin ich zu optimistisch. Vielleicht müssen wir uns noch einmal sehen. Hoffe bei deinem Gott, daß ich nie gezwungen sein werde, dich zu bekehren.

Der allererste Tote

Und wir dachten, es könne nichts passieren

Wiesbaden: Raffke-Richter gibt auf

Mit fetter Pension

… Ausbruchsicher, erdbebensicher, menschliches Versagen ausgeschlossen. Jahrelang funktionierte Autopol reibungslos. Die Folge: Keine Castor-Kämpfe mehr, keine Massenproteste gegen den Bau von Gefängnissen für Sexualstraftäter, nirgendwo lähmender Streit um Deponien für Gift- und Sondermüll. Wir glaubten, alles sei bestens geregelt. Und jetzt: der erste Tote.

Tatort Autopol. Auf der Strecke zwischen Ost 2 und Ost 3 fährt ein 30-Tonnen-Transporter mit 20 Stundenkilometern Richtgeschwindigkeit. Gegen 19.30 Uhr kommt das Fahrzeug plötzlich von der Fahrbahn ab und stürzt eine Böschung hinab. Der Fahrer stirbt noch am Unfallort. Was der Transporter geladen hatte, Giftmüll, atomares Brennmaterial oder Nutzlose – ein TETA-Sprecher will in seiner ersten Stellungnahme nichts dementieren, nichts bestätigen: »Unsere Experten ermitteln.« Die Recherchen dieser

Zeitung bringen jedoch erstes Licht in die Dunkelheit des Geschehens vom Dienstag abend. Der Unfall, das Drama, die Konsequenzen.
Artur Herzog, ein alter Hase des Transportgeschäfts. Am Morgen noch hatte der Pilot zur Anstellung (pza) sich fröhlich winkend von seinen Kumpels in Ruhestelle Ost 2 verabschiedet: »Wir haben schon lange keinen mehr draufgemacht. Wenn ich wiederkomme, trinken wir mal wieder einen über den Durst.« Keine zwei Stunden später die Tragödie. Herzog fährt unter eine Brücke – plötzlich wird ihm schwarz vor Augen. Dunkle Nacht, nichts zu sehen, und im Cockpit Flügelgeflattere, schrille Laute – wie von Millionen Fledermäusen. Er gerät in Panik. Verliert die Kontrolle. Sein Fahrzeug kommt hinter der Brücke ins Schlingern und stürzt 15 Meter in die Tiefe. Herzog wird in der Fahrerkabine eingeklemmt. Feuerwehrmänner schneiden den Schwerverletzten aus dem Wrack. Kurz darauf stirbt er. Die Copiloten werden leichtverletzt befreit.
Tragisch: Wenn Herzog ruhig geblieben wäre – nichts wäre passiert. Sein Transporter wäre mit Autopilot von allein durch den Fledermausnebel gefahren. Der pza drückt aber aufs Gas, als sich die Flieger durchs geöffnete Seitenfenster in sein Cockpit verirren und an die Windschutzscheibe prallen.
Das Rätsel: Wieso lieben Fledermäuse Autopol? Ein hessischer Naturschützer, der seinen Namen nicht in der Zeitung lesen will: »Wir wissen schon seit vielen Jahren, daß Autobahnbrücken für Fledermäuse ein Biotop sind. Mausohr-, Zwerg- und Mopsfledermaus. An Decken oder in den Hohlräumen der Brücken hängen die Tiere und verbringen dort den Tag, bevor sie nachts auf Nahrungssuche gehen. Sie lieben diese dunklen Verstecke ohne Zugluft. Auch im

Winter, nur darf es dort nicht allzu kalt werden – Frost mögen die Nachtschwärmer überhaupt nicht.«
Die Konsequenz: TETA muß unverzüglich die Umstände der Tragödie aufklären. Schon im eigenen Interesse. Sonst wird die Diskussion um Autopol wieder entflammen. Einen Vorgeschmack darauf gab Siegfried Candar von der Opposition. Er sagt: »Es geht um Sicherheit und darum, daß der Staat nicht alle Verantwortung an TETA abtritt.«

20

… eine Verräterin

Sten Rasin, Schwänchen

– Wieso bist du hier?
Zeichen von Sympathie, das zu fragen. Wenn dich einer ankotzt, fragst du ihn nicht selber, du erkundigst dich bei den anderen.
– Aus politischen Gründen.
– Du auch?
Er lächelt so, daß man nicht weiß, ist ihm lustig, oder macht er sich lustig.
– Wie meinst du das?
– Ich meine, immerhin sind wir hier zwei Politische. Aber wer weiß, vielleicht finden sich noch einige andere, vielleicht treten einige zu uns über.
…
– Du bist Schwänchen?
– Richtig. Willst wissen wieso?
Ich nickte.
– Dann guck hin.
Er öffnete sein Hemd, bis ich die Brust sah. Soviel Behaarung wie ein Löwe. Und dazu noch weiß. Blütenweiß. Er knöpfte sich wieder zu.
– Und wie hast du dich genannt?
– Sten Rasin.
– Selbst wenns nichts bedeutet, klingt stark.
– Es bedeutet was …
– Behalts für dich.
…
– Bist schon länger da?

– Ein Jahr. Die meisten, mit denen ich reingekommen bin, sind schon weiter. Für mich finden sie wohl kein Plätzchen.
– Wird sich finden.
– Ich habs nicht eilig. Ist doch schön hier. Oder?
– Vor allem, wenn man sonderbehandelt wird.
– Das Privileg der frischen Gäste. Gönnt man uns nicht mehr.
– Ihr protestiert ja nicht.
– Die Männer hier geben sich mit sinnlosem Zeug nicht ab.

– Wie willst du wissen, daß es sinnlos ist, bevor du es nicht versucht hast?
– Muß nicht alles ausprobieren.
– Läßt dich lieber einfach so fertigmachen.
– Sag mal, du riechst mir ja wirklich nach einem Politischen. Was wird das? Katechismus des Revolutionärs für Anfänger? Hör zu. Bin in Karl-Marx-Stadt aufgewachsen. Brauchst mir nicht den Politkommis spielen.
– Karl-Marx-Stadt?
– Nie gehört?
– Doch, doch. Was hat man dir da beigebracht?
– Mißtrauen.
– Warst ein aufmerksamer Schüler!
– Der beste. Glaub nie, was man dir erzählt.
– Wußte nicht, daß man solche Lebensweisheiten mit Autopol bestraft.
– Glaub niemandem, nicht mal dem Verbraucherschutz.
– Das verzeihen sie natürlich nicht.
– Hab meinen eigenen Verbraucherschutz eingerichtet. Kam ein Produkt auf die rote Liste, hab ich der Firma geschrieben, sie soll es vom Markt nehmen.
– Gab es mal Widerspruch?
– Auf den ersten Brief haben die nie reagiert. Der zweite war

dann detaillierter. Hab geschrieben, was ich an dem Produkt auszusetzen habe. Hab ihnen verraten, was passieren wird, wenn sie meine Anordnung nicht befolgen.
– Du würdest das Europäische Gericht anrufen?

– Ich würde die Dosis des schädlichen Elements in dem Produkt steigern, würde die negativen Folgen beschleunigen.
– Ein Verbraucherschutz der besonderen Art.
– Wenn sie nicht auf mich hören.

– Woher kennst du dich so gut aus?
– Lebensmitteltechniker. War ein Sahneberuf früher. Bist rumgezogen und hast in den VEBs die Kantinen überprüft. Dann gabs keine VEBs und keine Kantinen mehr, hab also beschlossen, mein Tätigkeitsfeld auszudehnen. Kaum hießen wir Chemnitz, hatten wir auch schon alle Supermarktketten vor Ort.
– Und keiner kontrollierte die?
– Ich merke, du denkst richtig, ein Politischer halt.

– Wie viele Dosen hast du aus den Regalen verbannt?
– Einige. Als die Nachrichten zum erstenmal über eine Welle von Nahrungsmittelvergiftungen durch Corned Beef berichteten, mußten sie an die Öffentlichkeit damit. Nicht die ganze Wahrheit, aber der Druck reichte aus. Die haben tatsächlich ihr Produkt nach meinen Angaben verändert. War ein großartiger Erfolg. Wollte kein Geld.
– Nur sauberes Corned Beef.

– Kamen sie dir nie auf die Schliche?
– Nee. Immer anders geschrieben und immer woanders eingeworfen. Die hatten keine Chance. Entweder ihr Beef verbessern oder Pleite machen.
– Genial. So könnten wir die Menschheit erziehen. Leider geht das bei Büchern nicht.
– Wär schon viel getan mit gesunder Ernährung.
– Wieso bist du dann hier. Wenn sie nicht die Spur einer Chance hatten?
– Hab mich verliebt.
– Großer Fehler. Als Revolutionär kannst du dir sowas nicht leisten.
– Ich dachte, sie findet es gut. Schließlich war sie Autorin, hat Ratgeber geschrieben. Gesund leben und so.
– Eine Genossin also.
– Eine Verräterin!

ORDER 2

Datum: Die, 7 SEP, 09:00:03
Von: TETA, zentrale, objekttransport
An: ISO-transporter 49
Personal: walden(pza 3120)
kippler(pzp 7477), martu(shb 2475)
Inhalt: 79 objekte
Strecke: ost1ost4
Geschwindigkeit: 25 km/h
Anweisungen: aufenthalt in ost3: 14 std. -
bereitstellung von 13 objekten für auf-
nahme/verladen von sonderstoffen (gfest5)
in materialtransporter 78

… du merkst das Gift überhaupt nicht

Sten Rasin

Vorgestern eine zufällige Erkrankung. Einer röchelte, bekam Ausschlag. Er wurde rausgeholt, ein ziemlicher Aufwand, weil alle in den Kojenraum zurück müssen.
Erst wenn wir dort eingeschlossen sind, kommen die Typen rein. Wir hören sie nur. Der Kranke verschwand. Wir werden ihn nicht wieder sehen, meinte einer der Alteingesessenen. Wenn er gesund wird, packen sie ihn auf einen anderen Transport. Und wenn er abkratzt, kriegen wir es eh nicht mit.
Seit heute wissen wir, daß es mit der Sonderbehandlung zusammenhängt. Heute röchelten sechs Leute, sechsmal Ausschlag und Schmerzen in der Lunge. Da merkten wir selbst der Lautsprecherstimme Nervosität an. Wir wurden eingeschlossen und den ganzen Nachmittag nicht mehr rausgelassen. Wir blieben in OST 3, ohne Befreiung. Egal, ob du dran bist oder nicht, kein Seelversorger, kein Zahnarzt, kein Besuch.
Das Übel heißt Sonderbehandlung und bedeutet, man wird rausgeschleppt zu Tätigkeiten, für die es draußen, unter den »Freien« keine Freiwilligen gibt. Immer wenn eine Sonderbehandlung ansteht, sind die vorderen Kojen dran. Die Wachmannschaft schnappt sich diejenigen, die der Schleuse am nächsten sind.
Wir waren vierzehn, ganz in der Früh, früher als sonst.
Das Licht in meiner Koje geht an, und eine Stimme sagt mir, daß ich für eine Sonderbehandlung abgestellt bin und mich

fertigmachen soll. Dann belehrt sie mich noch, daß ich kein Recht habe, den Einsatz zu verweigern.
Die Koje öffnet sich, und ich sehe, wie einige andere die Beine rausschwingen. Da hab ich das System kapiert. Wer länger dabei ist, besorgt sich eine Koje weiter hinten. Die Chancen, daß er drankommt, sind gering.

Sie laden uns in einen Kleintransporter, es geht über eine holprige Straße – wieder sehen wir nichts, scheint ihr beliebtestes Folterwerkzeug zu sein: einem die Sicht zu nehmen. Als wir rausdürfen, sehen wir eine gigantische Fabrikanlage vor uns, aber keine anderen Menschen.
Außer den zehn Wachen um uns herum. Vielleicht ist Feiertag. Wir werden reingeführt. Einige vermummte Gestalten warten auf uns. Wir erhalten Handschuhe und einen Overall, als würden wir gleich in den Hobbyraum hinuntersteigen. Dann gehts auf eine Tür zu, neben der wimmelt es nur so von roten Schildern. Fehlt nur der Totenkopf. Einer der Eingepackten erklärt uns die Arbeit.

Es wirkte nicht so schlimm. Du merkst das Gift überhaupt nicht. War nichts, was dich verätzt. Effektlos dringt es in dich ein. Jetzt, da sieben von vierzehn flachliegen, sickerts ein. Wie oft machst du so etwas, bevor du ein letztes Mal röchelst.
Es muß etwas unternommen werden.

… glaubst du denn noch an Namen?

Ruhestelle OST 3

Der Seelversorger Harm, die Krankenschwester Tekla

– Danke für den Kaffee, meine Liebe. Kaffee brauche ich wie die Kleinen ihre Milch.
– Bist du da ganz sicher, Harm. Soll ich mal deinen Arzt fragen?
– Was weiß der schon. Der richtet sich doch nur nach seinen Büchern, und in seinen Büchern steht, die Sache ist schlecht, die Sache ist gut. Für alle schlecht, für alle gut – hast du sowas Dummes schon mal gehört.
– Also, ich weiß nicht, manche Gifte scheinen allen Menschen nicht zu bekommen.
– Nicht ausgeschlossen, daß du recht hast, aber doch nicht Kaffee.
– Natürlich nicht. Für Kaffee gelten andere Naturgesetze.
– Uhm, heiß. Das vergesse ich immer und verbrenne mich. Also, wie geht es dir? Dich muß man auch schon anschubsen, bis du einem etwas erzählst. Paßt dich den Patienten an. Ziemlich was los?
– Sechs Einlieferungen gestern.
– Alle auf einmal?
– Alle auf einmal, und alle mit denselben Symptomen. Du glaubst nicht, wie sich der Arzt in seinem Bericht verrenkt hat, um nicht das hineinzuschreiben, was er eigentlich müßte.

– Was weißt du eigentlich über ihn. Wo kommt er her?
– Woher soll man das wissen …
– Ich habe mich öfters gefragt, was für Ärzte hier reinkommen.
– Diejenigen, die beim Examen durchfallen.
– Übertreib nicht.
– Du hättest ihn gestern sehen sollen. Schwamm total. Hätte ein Blinder gesehen, um was für eine Vergiftung es sich handelte. Ich bin nicht einmal soweit gekommen, beim Examen durchzufallen und habe das trotzdem gesehen. Dazu braucht es kein Studium, nur etwas Anstand. Wie sonst sollten sechs auf einmal krank werden und alle haargenau dasselbe haben?
– Und ich nehme an, auch noch einen Tag nach einer Sonderbehandlung?
– Zwei Tage danach. In OST 2 haben sie auch schon einen eingeliefert. Sechs auf einmal, das hatten wir noch nie. Die werden immer hemmungsloser.
– Wer ist die?
– Die TETA-Führung.
– Die TETA-Führung hat mit so etwas nur indirekt zu tun.
– Willst du sie etwa verteidigen?
– Sie hat nur indirekt etwas damit zu tun – sie bestimmt nicht, was mit den Häftlingen passiert. Sie überläßt den Entsorgungsfirmen so viele Häftlinge, wie die anfordern. Wie diese dann verwendet werden, das kümmert niemanden.
– Und das nennst du indirekt, wenn du Menschen verschacherst und es dich einen Dreck kümmert, was mit ihnen passiert.
– Es spielt keine Rolle, was mit ihnen passiert. Das interessiert niemanden. Die Tatsachen versickern schon im medizinischen Bericht.

– Können wir nichts dagegen unternehmen?

– Du gehörst zu den Menschen, die aus keiner Erfahrung lernen wollen. Es gibt kaum etwas, was draußen weniger interessiert, als wer bei den Sonderbehandlungen Krätze bekommt.

– Du bist zynisch.

– Und du bist …

– Vergiß es.

…

– Was war das für ein Häftling, der gestern bei dir war?

– Welcher denn?

– Du weißt schon, welchen ich meine. Der rausgeführt wurde, als ich reinkam.

– Hat er dir gefallen?

– Vielleicht.

– Ob er einem gefallen kann, das weiß ich nicht, aber er ist anders, er ist ganz bestimmt anders.

– Und?

– Und was?

– Und wie heißt er?

– Glaubst du denn noch an Namen?

– Harm!

– Ist ja gut, ich werde es dir verraten. Er heißt Sten Rasin. Vielleicht siehst du ihn wieder.

… bis die Wut zu einem kalten Sud zusammengekocht ist

Sten Rasin

Mehr möglich als nur Erleiden. Das wurde mir klar, als ich die Gespräche danach hörte. Keine Gespräche eigentlich. Stimmen, die sich nutzlos aufregten, als würden sie auf Fotos der Feinde schießen, auf festgenagelte Richter und aufgehängte Präsidenten, auf Sicherheitsmänner, die an die Wand gepappt werden. Sechs röchelnde Körper verschwanden, eine wütende Stimmung blieb zurück. Die sechs kamen nicht zurück. Den Transporter verläßt man einmal, für immer. Wer weggeht, wird nicht wieder gesehen. Das soll wohl den Austausch von Information verhindern. So werden wir unwissend gehalten. Es war an der Zeit, mit einigen der anderen zu reden. Aber mit wem? Im Gefängnis kannst du dem Verrückten sein Gebaren nicht gleich glauben. Jeder Sprücheklopfer muß abgeklopft werden. Ich wartete, bis die Wut zu einem kalten Sud zusammengekocht war. Das Warten lohnte sich. Wir kamen an NORD 4 vorbei. Keiner verließ den Transporter. Die Alteingesessenen konnten es nicht glauben. Keiner wurde weitergeschleust. Keiner verließ uns in Richtung Hafen. Das hats noch nie gegeben, murmelte Zirkel und versprach stumm, jeden umzubringen, der ihm zu nahe kam. Zirkel und Schwänchen waren bald ein Jahr in dem Transporter. Sie hätten schon längst ausgeschafft werden müssen.

20

… ich will dir mal glauben, daß du nichts gegen Neger hast

Sten Rasin, Zirkel, Schwänchen

– War versprochen, auf die Hand. Haben schon gesagt, wohins geht. Hab mich auf Guinea eingestellt. Mir egal, wies dort ist. Schlimmer als dieser Viehwaggon kanns nicht sein.
– Wer hat dir was versprochen? Das hast du geträumt.
– Nein, ich hab den Trostdealer ganz sicher nicht geträumt …
– Harm?
– Harm. Der glaubt, der hats raus, wie er mit mir umgehen muß. Die Typen hasse ich, die hasse ich, die glauben, sie wissen, wie mans richtig macht. Behandeln dich so mit Respekt und das ganze Drumherum und nehmen dich richtig ernst. Du sagst ihm, du willst jedem Sicherheitsmann Jesus loves you auf die Stirn ritzen, da sieht er dich an, als hast du ihm einen guten Deal vorgeschlagen und fragt: Wen hassen sie am meisten?
– Den, der mir gerade im Weg steht …
– Abgewichste Sympathie …
– Der Harm erfährt doch von den Ordern nichts.
– Du meinst, der hat gelogen? Der hat mich angelogen? Mit diesen Äuglein, die einen so richtig verstehen?
– Wollte deine Stimmung heben. Ist ihm doch für einige Tage gelungen.
– Er hat mich angelogen. Heute abend sind wir in SÜD 3, oder? Noch sechs Tage, ich werde ihn mit dem Fingernagel

kastrieren, ich werde ihm diese Lügen aus dem Hirn kratzen.
– Zirkel, benutz deinen Kopf auch mal zum Denken, der ist doch eine kleine Nummer, was kann der denn dafür. Er ist ein Würstchen, das sich über Wasser halten muß und nichts anderes gelernt hat, als die Leute anzulügen. Das ist seine Berufsausbildung. Da kommst du daher und willst ihn auf seine alten Tage noch ändern. Hat doch alles nichts damit zu tun, daß du schon ein Jahr hier eingepfercht bist.
– Als ich herkam, da war man mit zwei, drei Monaten schon ein Alteingesessener. Der eine hatte fünf Runden auf dem Buckel, der war was Besonderes.
– Wird nicht leicht sein, ein Plätzchen für uns zu finden. Vielleicht gibts in deinem Guinea schon zu viele Zirkels.
– Ach was, die wollen mich fertigmachen.
– Das ist es. TETA hat sich ganz auf dich eingeschossen.
– Zirkel ist ja auch sehr gefährlich.
– Meinst du, die haben nichts Besseres zu tun?
– Wenn denen nichts anderes einfällt, gibts hier bald stehenden Verkehr.
– Ist doch so viel Platz auf der Welt, soll da ausgerechnet für mich nirgendwo ein Plätzchen sein?
– Vielleicht bist du auch bei den Schlitzaugen nicht sonderlich beliebt. Und die Schwarzhäute haben vielleicht gehört, daß du einige ihrer Leute schon bearbeitet hast.
– Hatte doch nichts damit zu tun, daß sie schwarz waren. Glaubst du, ich bin so ein schwanzloser Fascho!
– So gut kennen wir dich nicht, aber ich will dir mal glauben, daß du nichts gegen Neger hast.
– Hört zu. Jedes Loch füllt sich. Die werfen seit zehn Jahren alles in Länder wie dein Guinea, da müssen die Guineer aufpassen, daß ihnen genug Platz bleibt. Soviel Geld zahlen die für uns bestimmt nicht, daß die sich um uns reißen.

… wer ist draußen schon notwendig?

Der Journalist notiert

Unmerklich verschwindet DRAUSSEN.
Wird schwerer, sich die Stimme der Freundin vorzustellen – sie ist mir noch nicht so vertraut.
Die Regeln von Autopol erscheinen nicht mehr wie falsche Abzweigungen, sondern als eigen und einzig, unterliegen keinem Vergleich mehr.
Das ist so! Das Totschlaginstrument. Das Erschlagende daran: es ist kein Argument. Die Gesetzestafeln sind einem anderen übergeben worden. Du hast sie nur zu befolgen.
Schon nach einer Woche schleichende Gewöhnung an dieses widerspruchslose System.
Die hier Tätigen beurteile ich nach neuen Gesichtspunkten. Zum Beispiel Harm (typisch, die Namen, ohne Vor- oder Nachtrag, stehen für alles): Draußen wäre er eine verkrachte Existenz. Er hat durchgesetzt, daß er ein Zimmer in der Ruhestelle bewohnen darf, niemand weiß, wann er zuletzt Autopol verlassen hat. Hier drinnen aber erhöht ihn sein Festhalten an den Überresten eines Kodexes, den man der Einfachheit halber »Menschlichkeit« nennen könnte. Er ist wichtig, irgendwie. Aber niemand kann sagen, wie wichtig er den Gefangenen ist. Er wirkt wichtig. Ein notwendiger Mensch – das ist so ein typischer Gedanke von hier. Wer ist draußen schon notwendig, wenn man es nüchtern betrachtet.

20

… die Stimmung bleibt schlecht

Sten Rasin, Zirkel, Schwänchen, Klept, Arsenia

– Ruf Zirkel.

…

– Wir treffen uns nach der Waschstunde vor den Kabinen.

…

– Sag Schwänchen, er wird gebraucht.

…

– Klept, nachher quatschen wir ne Runde, nur ausgesuchte Leute, wenn du willst.

…

– Arsenia, der Lenz ist da,
und alle singen wunderbar,
Ar-se-ni-ja, Ar-se-ni-ja,
wir sehen uns heut in der Bar
und machen Pläne, tralala,
und machen Pläne, tralala.

…

– Laßt mich raten. Sten steckt dahinter. Eine konspirative Nase. Ich wette, Sten hat was ausgeheckt.
– Was immer es ist, laß es schnell hören, mein Durchfall drängt.
– Reiß dich zusammen.
– Du kannst leicht reden, meinst, das geht so einfach. Auf diese Dinge habe ich schon lange keinen Einfluß mehr.
– Keinen Einfluß auf den Ausfluß, hiiihi.
– Halt die Fresse, Klept.

– Ich will dir doch nur etwas Mut einflößen.
– Halt die Fresse, Klept.
– Auf einem Fluß ein Floß,
in meinem Hals ein Kloß,
zu jeder Welle ein Beben,
was ist das für ein Leben.
– Klept!
– Sten, du mußt mich schützen, siehst du, was er mit mir tut, Sten, das kannst du nicht zulassen.
– Nimm das zurück.
– Is gut, ich habs doch nicht so … nur weil er dauerscheißt, muß er doch nicht gleich sensibel wie ein Primadönnchen werden.
– Vielleicht wollt ihr beide verschwinden. Einmal gemeinsam scheißen, das heilt jeden Streit.
– Ich will dableiben, aber nicht, wenn mich diese Mimose, dieser Brutalo …
– Könnt ihr euch zehn Minuten auf etwas Wichtiges konzentrieren?
– Was ist denn so wichtig?
– Unser Ausbruch.

… was immer der Hunger sagt

Der Nutzlose

Der Nutzlose hat seit drei Tagen nicht gegessen. An den Wasserstellen gab es Wasser, es gab aber keine Nahrung. Obwohl er sich nicht anders verhielt als sonst. Seine Augen zeigte und wartete und vortrat und hörte, wie sich hinter ihm die Tür schloß, und wartete und sah, wie vor ihm die Tür aufging, und hineintrat und ein Plastikglas nahm und drückte, auf den Knopf, die Flüssigkeit füllte das Plastikglas, und verschlang die Flüssigkeit und drückte auf den nächsten Knopf und wartete auf das Päckchen, das der Automat freigibt.
Eine Stimme, stattdessen: Achtung Betriebsfehler, Achtung Betriebsfehler. Und: Versuchen Sie es später wieder.
Am nächsten Tag, der Betriebsfehler hat sich festgesetzt. Eine Menge Nutzloser sitzt, steht, schielt vor der Wasserstelle. Der Nutzlose grüßt keinen. Er kennt keinen. Er will keinen kennen. Er muß sich immer wieder am Rücken kratzen.
Der Nutzlose kann warten. Er wartet, und die Menge wächst. Noch nie hat er so viele Nutzlose gesehen. Er kennt sie nicht. Er meidet die Schlafstellen. Er kennt niemanden. Er wartet. Die Menge sitzt, steht, schmort. Zwei schlagen sich. Zwei lieben sich. Der Nutzlose sieht alles, aber es stört ihn nicht. Die Sonne ist von einem Dunst nach hinten gedrückt, plattgedrückt. Die Sonne stört ihn nicht.
Das Warten stört ihn nicht, er weiß nur nicht, wieso warten. Er geht.

Der Hunger kennt die nächste Wasserstelle. Er entfernt sich von seinem Gebiet. Er geht, wo er selten gegangen ist. Wo er keinen Platz kennt, sich zu verkriechen. Er ist nicht sicher. Die Wasserstelle ist geschlossen. Keine Menge, keine Lichter, kein Eingang. Der Nutzlose hat seit drei Tagen nicht gegessen. Das Warten fällt ihm schwer. Er geht zurück, in sein Gebiet. Was immer der Hunger sagt, sein Gebiet kann er nicht gänzlich verlassen.

Teil 2

---MONTAG FRÜH AM MORGEN---MONTAG

Der Journalist

Hallo, Alpman, geh doch endlich ran. Verdammt … du hast doch diese Woche Spätdienst … Warum läuft denn nur das dumme Band. Ich rufe an wegen – weil ich hier mächtig in der Scheiße sitze. In Ost 3 ist eine Häftlingsrevolte ausgebrochen. Und ich bin als Geisel mittendrin … Eingesperrt in die Toilette der Krankenstation, mit zwei anderen von der Reinigungskolonne. Bin zufällig reingeraten. Eine Million Jahre Knast, wie die an Waffen gekommen sind, keine Ahnung … Jedenfalls haben die hier alles unter Kontrolle: Ärzte, Krankenschwestern, Wachen – nur uns Putzleute nehmen sie nicht ganz ernst. Deswegen bin ich wohl der einzige, bei dem sie das Handy nicht gefunden haben. Haben nicht genau geguckt. Alpman, sag dem Chef, er soll noch nicht gleich was bringen. Aggressive Stimmung, sieht gefährlich aus. Recherchiert doch mal bei TETA, vielleicht weiß man bei denen schon was. Wir haben jetzt 0 Uhr 20. Hoffentlich finden die nicht raus, wer ich bin … Sobald ich mehr weiß, melde ich mich. Ich höre laute Stimmen, ich muß aufhören …

Der Journalist notiert

Es war dumm von mir, Alpman aufs Band zu sprechen. Die bringen alles gleich und benützen meine Informationen – als würde ich Alpman nicht kennen, der recherchiert doch nicht sorgfältig, bevor er die Geschichte hinausposaunt. Je länger ich darüber nachdenke … Eine solche Story hat er bislang noch nicht in die Finger gekriegt. Ich Idiot habe nicht nachgedacht. Das ist eine so große Geschichte, das wird Wellen schlagen durch alle Medien, in ganz Europa, auf der ganzen Welt. Dann erfahren es die Kerle hier drin irgendwie. Nicht auszudenken … Was ist, wenn mich der Kollege vom Reinigungsdienst verrät: Er muß meinen Anruf vom Nachbarklo aus mitgehört haben. Seit einigen Stunden flüstert er mir immer wieder zu: atmen, nur atmen. Die erschießen uns, wenn du mehr als atmest. Ich versuchte ihm zu erklären, daß wir sogar schreien könnten, man würde uns im Gang nicht hören. Vorhin aber, nachdem sie uns drei hier in die Klos eingesperrt haben und uns dann allein ließen, fühlte ich mich den Kerlen überlegen. Daß sie meine Jacke, die über dem Stuhl hing, übersehen hatten. Daß sie das Handy übersehen hatten. Da habe ich mich sicher gefühlt und habe angerufen. Ich Idiot.
Sie haben uns an die Wand gestellt, wir mußten uns ausziehen und die Kleider zu ihnen hinüberschieben. Sie haben die Kleider gefilzt, haben aber keine privaten Sachen mitgenommen. Nur der eine, der eine Zigarettenschachtel einsteckte, aber ansonsten … Man könnte sage, es lief korrekt ab. Die Machtverhältnisse ändern sich, und die Neuen sorgen für ihre eigene Sicherheit. Wurde häßlich, als einer begann, mit

den Brustwarzen der Krankenschwester zu spielen. Sie bewegte sich nicht, gab keinen Ton von sich. Dann drehte er an den Warzen, sie schrie auf, er drehte heftiger, als wollte er die Lautstärke ihrer Schreie erhöhen, und blickte sich dabei verstohlen um, als wüßte er, daß die anderen (besser gesagt: einer der anderen) das gar nicht gut finden. Da erfuhr ich auch, wie dieser andere heißt. Nachdem der Kerl von der Krankenschwester ablassen mußte, murmelte er vor sich: Der Sten Rasin, der weiß immer am besten, was richtig ist, der weiß das immer besser. Vielleicht vertragen sich die Kerle auf die Dauer nicht. Aber dann möchte ich nicht in der Nähe sein.

Ich habe versucht, mir ihre Gesichter einzuprägen. Es ist schwierig. Ich könnte jetzt keins mehr richtig beschreiben. Lauter Glatzköpfe natürlich, vielleicht macht es das schwieriger. Bei dem, der sich an die Schwester rangemacht hat, fielen mir die Tätowierungen auf: rotes Herz auf dem rechten Oberarm, die blaue Sonne auf dem linken. Zu den Anführern gehört er nicht. Ist sonst nur den Befehlen gefolgt, die von dem Mann namens Sten Rasin kamen.

Kein Tageslicht in dieser Toilette. Eine der Neonröhren an der Decke flackert, selbst wenn ich meine Augen zumache, sehe ich das Flackern. Ich bin müde, will aber nicht schlafen. Draußen ist kein Lärm zu hören, einmal Schritte – dann war es wieder ruhig.

---MONTAG FRÜH AM MORGEN---MONTAG

Der Journalist telefoniert

Alpman. Ich weiß nicht, ob du die erste Nachricht schon gehört hast. Vergiß alles, was ich dir da gesagt habe, verstehst du, du mußt das unbedingt alles für dich behalten, ja, keine Meldung, ich war bekloppt, wenn die das rausfinden, daß ich hier bin, die machen mich alle, behalts für dich, ich bitte dich, das hier ist ernst, es geht um mein Leben, ja?

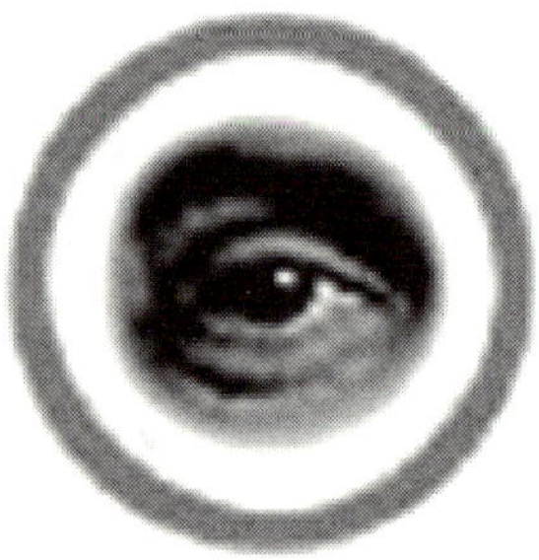

---MONTAG MORGEN----MONTAG MORGEN--

Der Vorstandsvorsitzende von TETA in seiner Limousine

Yes, Madeira, I happen to have a house there, I was on my way to the airport, with my wife, yes, and with the kids, four kids, if you want to know, they haven´t seen me for ages, so this better be really important …

… I know that, don´t waste my time, fill me in with some details …

… these bastards, if we had the death penalty, they wouldn´t be running around and giving us headaches and ruining my family trip …

… listen, we´ll mop this up quickly, get the head of security, I want him at the meeting, get somebody, who is acquainted with the buildings and I want the whole emergency team on alert, never mind what they´re at …

… I´ve just arrived, I´ll be up in a minute.

Sten Rasin

Leichter als erwartet. Mut zu schöpfen ist oft die größte Hürde. Wie erhofft, waren die nicht besonders gut darauf vorbereitet, daß Kranke auf die Idee kommen könnten, die ganze Ruhestelle zu übernehmen. Das restliche Personal tat uns einen großen Gefallen. Hatte sich in der Kantine versammelt und feierte einen Geburtstag. Wären selbst von einigen Postbeamten überwältigt worden. Der Raum war ein perfektes Gefängnis: Eine Tür führte hinein und ein Fließband auf der anderen Seite heraus. Nur: zwischen Fließband und Wand wäre jeder zermalmt worden. Wir machten Leibesvisitation, sammelten alle Geräte ein, nicht zu glauben, was da an elektronischer Vielfalt zusammenkam.
Da wurde es zum ersten Mal heikel. Arsenia begann mit einem der Wächter herumzuspielen, ganz harmlos zuerst, piepste mit dessen Apparat herum, sprach über dessen Freundin und dessen Mutter, dann hatte er plötzlich blitzschnell mit seiner Rechten das Kinn des Wächters in der Hand, das Gerät fiel klappernd auf den Tisch, wir sahen alle zu, er drückte ihm den Mund auf und begann, an den Zähnen zu ziehen, hielt inne, als habe er eine Erleuchtung, nahm das Handy und wählte, mein Zahnarzt, sagte er und blickte stolz um sich, seht, wie wichtig ich bin und wie ich alles im Griff habe, wollte er zeigen. Ich weiß nicht, wen er anrief, ob er überhaupt jemanden anrief, aber er begann zu reden, wie ein Clown, der im Mittelpunkt steht … Herr Doktor, ich habe die Chance, mir meine Zähne wiederzuholen, ja, stellen Sie sich das vor, genau von demjenigen, der sie mir gestohlen hat, was für ein Glück, nicht. Aber, Doktor, ich tu mich schwer,

die lassen sich nicht so leicht herausziehen, ich weiß nicht, wie ich das anstellen soll, ich bin ja kein Fachmann, Herr Doktor, aber das wissen Sie ja … wie bitte? Eine Zange, sagen Sie? Das hier ist eine Kantine, wo soll ich da eine Zange auftreiben? Tuts nicht auch eine Gabel? Blutig und schmerzhaft, sagen Sie? Nein, der verträgt viel, Sie wissen doch, wie es ist, wer hart im Geben ist, ist hart im Nehmen. Jetzt warten Sie mal, ich schau, wie ich mit der Gabel zurechtkomme, bleiben Sie dran, wer weiß, ob ich Sie nicht gleich noch einmal brauche. Bei Anfängern geht ja doch gelegentlich einiges schief.

Ich mußte eingreifen, die panische Angst in den Augen des Wächters, und Arsenia, der imstande war, dem anderen die Zähne einzeln aus dem Mund zu stochern, mit einer Kantinengabel. Im Reflex wollte er um sich schlagen, aber dann drehte er sich mir zu, sah erst mich an und dann die anderen. Er studierte die Spitzen der Gabeln, lächelte etwas abwesend und legte die Gabel vorsichtig, wie eine Pinzette, auf den nächsten Tisch. Er nuschelte noch in den Hörer hinein, ich ruf Sie später an, Herr Doktor, die Operation muß leider verschoben werden, und steckte das Handy des Wächters in seine Häftlingshose.

---MONTAG MORGEN----MONTAG MORGEN--

TETA-Zentrale, oberstes Stockwerk, Sitzungsraum

– Wir wissen nicht viel. Um 4.45 Uhr wurde in OST 3 Alarm ausgelöst. Im Komzentrum befand sich neben der ordnungsgemäßen Aufsicht ein Häftling. Der Häftling gab ein Statement ab, das Sie als Ausdruck in Ihren Unterlagen finden und das wir uns gleich in der Aufzeichnung ansehen werden. Nach dem Statement brach die Verbindung ab.

Routinemäßig wurden alle Videoprotokolle abgefragt. Dabei sind folgende Unregelmäßigkeiten auffällig geworden: Im Gesundheitstrakt wird beim letzten Rundgang des Tages um 21.48 Uhr ein Arzt und eine Krankenschwester von fünf in Behandlung befindlichen Häftlingen überwältigt. Andere Häftlinge befinden sich nicht auf der Station.

– Wieso reagierten die Sicherheitskräfte nicht sofort.
– Alle Überwachungskameras laufen 24 Stunden am Tag, aber es ist bislang nicht möglich, daß jede Kamera auf einem eigenen Monitor läuft und eigens überwacht wird. Die verschiedenen Kameras werden für die Aufsicht in programmierter Sequenz abgerufen. Wie Sie hier sehen können, überwältigten die Häftlinge bald darauf auch die Aufsicht im Sicherheitsraum.
– Einen Moment. Kurz vor 22 Uhr beginnt dieser Aufstand, ich werde das erst einmal so nennen, wieso wird der Alarm dann erst um 4.45 Uhr ausgelöst?
– Wir vermuten, daß es den Häftlingen gelang das Komzentrum zu kontrollieren, ohne daß die Aufsicht die Möglichkeit hatte, Alarm auszulösen.
– Sie meinen also, die Häftlinge haben heute früh Alarm ausgelöst, um mit uns in Kontakt zu treten.
– Ja. Ich muß Ihnen noch eine weitere schlechte Nachricht mitteilen. Was Sie jetzt sehen, ist der Zugang zu dem Lagerraum. Leider befindet sich in OST 3 das Arsenal für den ganzen Bereich OST. Da es den Häftlingen gelungen ist einzudringen, sind sie nun schwer bewaffnet.

20

---MONTAG VORMITTAG---MONTAG VORMIT

Sten Rasin

Das schönste war, als Klept und Zirkel mit einem der Piloten, Walden heißt er, in die Kabine des Iso-Transporters stiegen und an den Knöpfen spielen durften. Ich hörte ihre Stimmen, ich sah auch ihre Gesichter.
Wir wußten, was Überwachung ist, und ahnten einiges, aber auf so viel Perfektion waren wir nicht vorbereitet. Die haben alles und immer unter Bewachung. Hatten. Das Schöne ist, jetzt wird es uns zugute kommen. In der Komzentrale überblickt man alle Räume der Ruhestelle und sieht auch die angedockten Iso-Transporter, in die Kabine und natürlich auch in den Kojenraum hinein. Ich sah, wie Zirkel sich auf seine große Rede vorbereitete. Er hatte sich zusammen mit Klept Walden geschnappt und sich sofort freiwillig zum »Weckdienst«, wie er es nannte, gemeldet. Er war schon auf dem Weg, ehe wir widersprechen konnten. Im Hintergrund lief Radio, das war das erste, was die beiden einschalteten.
Gut gehts euch hier, sagte Klept. Wird höchste Zeit, daß wir die Plätze tauschen.
Sie machten sich mit den verschiedenen Monitoren und Konsolen vertraut, da kam ein alter Schlager im Radio. Ich kannte ihn nicht, aber er klang sehr alt, und er ließ Zirkel sehr sentimental werden.
– Ich muß jetzt anfangen, sofort, wir beginnen gleich die Befreiung. Mach alles an.
Walden reagierte nicht schnell genug. Wahrscheinlich kapierte er nicht, was Zirkel unter »alles« verstand. Zirkel packte ihn am Schopf und knallte seinen Kopf gegen die Kante eines Bildschirms.

– Du sollst mich auf Sendung stellen. Ich will sofort mit den anderen reden. Die dürfen nicht länger schlafen. Ich will sie mit einem schönen Lied wecken.
Walden drückte einige Male auf die Bildschirmoberfläche, murmelte, jetzt ginge es, verkroch sich in eine Ecke. Zirkel drehte das Lied so laut, wie es der Regler erlaubte. Mein Monitor zeigte, wie die Frequenzen in den Lautsprechern der Kojen pumpten. Wie erhöhter Puls. Wie Herzen unter Hochspannung. *Der Kaffee ist fertig. Klingt das nicht unheimlich zärtlich. Der Kaffee ist fertig.*
– Liebe Mitgefangene. Während ihr den Schlaf der Ungerächten geschlafen habt, haben einige von uns euer Leben verändert. Euer Leben gerettet. Gleich werden sich die Kojen öffnen, ihr werdet hinaustreten, der Transporter wird sich öffnen, und ihr werdet in der Kantine der Ruhestelle OST 3 frischen Kaffee erhalten. Danach werden wir einen Kriegsrat abhalten. Auf die Freiheit, Freunde. Auf unsere Freiheit.

Zum Ende seiner Rede hin konnte Zirkel seine Stimme kaum im Zaum halten. Sie drohte, ihn abzuwerfen. Und das hörten die Gefangenen, statt den gebellten Morgenappell. Statt das ewig gleiche Kommando. Und die Kojen gingen auf. Zirkel hatte sich das Nötigste von Walden erklären lassen. Der Anblick war göttlich, Köpfe, die mißtrauisch hinauslugten, Leute, die ich seit Wochen kannte, manche stiegen so rasch aus wie noch nie, kein Hieven und Schlurfen, sie sprangen hinaus, sahen sich an, sahen die anderen an, die ihre Kojen nicht verließen. Die ersten Sätze, die durch die undichten Stellen des Mißtrauens sickerten. An immer mehr Stellen, bis zum Bersten, bis mehr redeten als zuhörten und sich fast alle an der Trennwand zum Aufenthaltsraum versammelt hatten. Zirkel hatte wohl nicht aufgepaßt, falsch gedrückt oder in seiner Aufregung über die dritte Wiederholung des Refrains vergessen, daß er die Trennvorrichtung zu entsichern hatte. Die Männer standen davor, schoben und schubsten und warteten, unwillig. Nichts geschah. Sie schrien. Einer sagte: Das war sicher Zirkel, ich kenn doch seine Wichserstimme.

– Zirkel, du hast die Trennwand nicht geöffnet. Zirkel!

Zirkel hatte derweil Klept umarmt. Sie schunkelten. Er fuchtelte auf dem Bildschirm herum. In dem Kojenraum gingen die Lichter aus.

– Zirkel, das war wieder falsch.

Er grinste mich entrückt an. Vielleicht grinste er mich gar nicht an, vielleicht begriff er in dem Augenblick überhaupt nicht, daß eine Kamera auf ihn gerichtet war. Vor Begeisterung verpaßte er dem Piloten ein paar Fußtritte. Im Kojenraum frustrierte Stimmen und Fäuste, die an die Trennwand trommelten. Zirkel und Klept sangen. Das Lied war zu Ende. Ein neues Lied lief, aber die beiden grölten den Refrain des Kaffeesongs.

– Zirkel, die Tür!

Zirkel winkte mir zu und machte sich wieder über den Bildschirm her. Die Seitenwände der Kojen begannen sich zu

schließen, auf halbem Weg glitten sie wieder auseinander. 80 Kojen, wie fletschende Gebisse.
– Zirkel, reiß dich zusammen.
– Der Kaffee ist fertig. Klingt das nicht unheimlich zärtlich. Der Kaffee ist fertig.
Und in diesem Moment, als ein Schlager einem unserer Helden den Kopf verdreht hatte und sich einige Eingeschlossenen verwirrt von der Trennwand abwandten, meldete einer der Monitore bei mir im Komzentrum eine Nachricht. Die gefesselte Aufsicht deutete auf eine Taste. Ein Gesicht erschien auf dem Bildschirm und begrüßte mich, höflich. Der Unterhändler von TETA. Die Verhandlungen sollten beginnen. Ich stellte den Ton aus dem Iso-Transporter, aus Kabine und Kojenraum ab. Ich mußte mich jetzt auf Wichtigeres konzentrieren. Irgendwann würde Zirkel schon zur Besinnung kommen und auf die richtige Stelle drücken.

In der Zentrale von TETA, oberstes Stockwerk, Sitzungsraum

– Die Sicherheitskräfte sind für ein Eingreifen nicht geeignet.
– Wieso nicht? Schließlich wurden letztes Jahr 22 Millionen Euro für die Ausbildung Ihrer Leute bereitgestellt. Da dürften wir etwas Kompetenz und Einsatzbereitschaft erwarten.
– Ihre Kompetenz erstreckt sich auf den geregelten Ablauf im Alltag. Sie verstehen, daß es sich hier um einen Ausnahmefall handelt. Die Auseinandersetzung mit bewaffneten Häftlingen in einer Ruhestelle ist in keinem unserer Szenarien vorgesehen. Dafür benötigen wir Spezialkräfte.
– Externe?
– Ich fürchte ja.
– Und Sie sehen keine Möglichkeit, das Problem mit eigenen Mitteln zu lösen?
– Das sollten wir unbedingt anstreben. Es wäre außerordentlich wichtig. Ich muß sicherlich niemanden an diesem Tisch daran erinnern, wie hart wir uns die unbeschränkte Verfügungsmacht über Autopol erkämpfen mußten. Und wie sehr diese unsere Autonomie in manchen Teilen der Bevölkerung verhaßt ist. Gerade jetzt, wo die Öffentlichkeit angenehm desinteressiert ist, dürfen wir keinerlei Risiko eingehen. Es lauern ernorme, unvorhersehbare Probleme auf uns, wenn wir die Einmischung staatlicher Truppen erlauben.
– Es gibt keine saubere Lösung.
– Was soll das heißen?
– Das bedeutet, daß wir nicht hineingehen und die Häftlinge ausheben können, ohne Gefahr für die Geiseln. Wir gehen davon aus, daß die 79 Häftlinge aus diesem Transporter gerade bewaffnet werden. Das dürfen wir nicht unterschät-

zen. Das reicht, um die Ruhestelle zu kontrollieren. Ein Überraschungsangriff scheidet aus.
– Wir sollten die Ruhestelle isolieren. Die Zufahrt und Ausfahrt blockieren.
– Wie viele Leute benötigen Sie dazu?
– Ich halte das für voreilig. Wir wissen nicht, wie sie darauf reagieren würden. Wir sind ja keine Armee, wir haben keinerlei schwereres Geschütz.
– Können Sie vielleicht endlich einmal einen konstruktiven Vorschlag machen? Wir haben schon genug darüber gehört, was Sie nicht können.
– Wir sollten verhandeln. Und jetzt erst einmal warten, bis sie sich wieder melden.
– Nein, wenn wir zu lange warten, wird sich das ganze herumsprechen. Die Familien der Geiseln werden panisch werden.
– Und wenn wir Pech haben, taucht wieder so einer auf, der Kontakte zur Presse hat. Wie neulich bei dem Unfall.
– Das war ein Einzelfall.
– Wer weiß.
– Meine Herren, wir müssen sofort losschlagen. Warten bringt nur weitere Gefahren für uns. Wir müssen mit den Transportern die Zufahrtswege blockieren und in der Nacht mit Helikoptern zuschlagen. Sie bereiten bis heute 18.00 Uhr einen Einsatzplan vor. Mit Verlusten müssen wir rechnen.
– Ich stimme dem Vorsitzenden zu. Es gibt keine Alternative.
– Ich sehe das auch so. Gibt es noch Gegenstimmen?
– Dann erkläre ich die Sitzung für …
– Entschuldigen Sie, daß ich störe …
– Herr Bart? Ich komme gleich zu Ihnen.
– Nein, Entschuldigung, es ist dringend, ich habe ein Gespräch …

– Muß das jetzt sein?
– Ja, unbedingt, es betrifft den Aufstand, das müssen Sie …
– Na gut, dann schalten sie auf Lauthören!

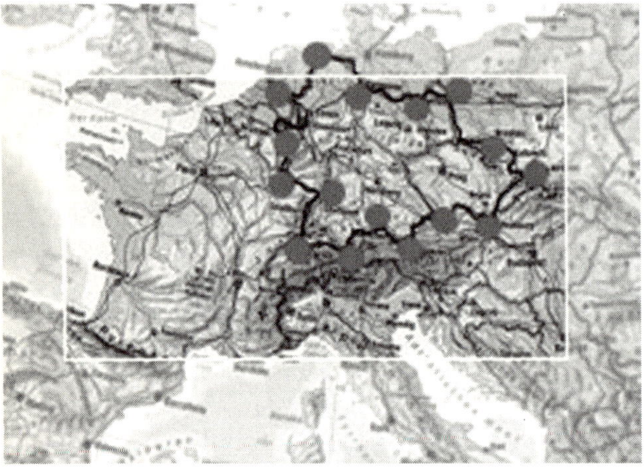

– Herr Alpman, entschuldigen Sie, da bin ich wieder.
– Herr Bart, ich kenne diese Spielchen. Die können Sie sich jetzt sparen. Wir wissen, daß in der Ruhestelle OST 3 was los ist, und wir werden darüber berichten, ob Sie uns was sagen oder nicht.
– Wir wissen selber noch nicht sehr viel, vielleicht können Sie uns helfen.
– Gerne. Es hat einen Häftlingsaufstand gegeben, ihre Mitarbeiter sind als Geiseln gefangengenommen. Was gedenken Sie zu tun?
– Wir prüfen gerade alle Handlungsalternativen.
– Heißt das, Sie werden verhandeln?
– Zum jetzigen Zeitpunkt kann ich mich diesbezüglich noch nicht äußern.
– Sind die Familien der Geiseln informiert?

– Wir werden alle nötigen Schritte unternehmen. Sie können sich vorstellen, daß uns die menschliche Komponente besonders wichtig ist.
– Natürlich.
– In diesem Zusammenhang dürfte ich Sie vielleicht bitten, auf eine Veröffentlichung vorerst zu verzichten. Es gibt Gründe genug …
– Es gibt immer Gründe, auf Öffentlichkeit zu verzichten. Nein, nein, so läuft das mit mir nicht. Sie haben meine Koordinaten, Herr Bart, ich erwarte Ihre Erklärung. Sie wissen ja, um 16.30 Uhr fällt der Vorhang.

– Scheiße, diese Zeitung! Was soll das heißen, »wir wissen«? Dieses Arsch von Redakteur, ich dachte, wir hätten den Chefredakteur in der Hand.
– Nicht, wenn er einen solchen Coup landen kann.
– Wer war denn das eben?
– Einer der politischen Redakteure von NEWS. Viktor Alpman.
– Wir hätten das Leck nach dem letzten Vorfall unbedingt ausfindig machen müssen. Sie haben versagt.
– Das ist nun zu spät. Wir sollten unsere Zeit jetzt nicht mit Schuldzuweisungen verschwenden. Wir müssen die Regierungsstellen informieren. Wir werden verhandeln müssen.
– Und die Presseerklärung muß schleunigst her. Bart, Sie wissen schon, was Beruhigendes, legen Sie sie mir in einer Stunde vor.

20

---MONTAG MITTAG---MONTAG MITTAG---

Sten Rasin

Zirkel hatte die technische Orientierung wiedergewonnen und die Zwischentür geöffnet. Nun standen alle im Aufenthaltsraum herum und wunderten sich. Ich ließ sie eine Zeitlang schmoren. Sich beruhigen. Bis die Aufregung sich gelegt hat. Bis alle saßen. Dann habe ich einige Worte gesagt. Allein die Tatsache, daß meine Stimme über Lautsprecher kam, daß ich an die Stelle eines Wächters getreten war, verlieh meinen Worten Macht. Ich sah ihre Gesichter und ich wußte, ich würde nicht allzu lange auf diese Mischung aus Überraschung, Unglauben und Respekt als Reaktion vertrauen können. Ich mußte schnell handeln. Für den letzten Teil der Befreiung haben wir uns den Großteil des Tages Zeit genommen. Zirkel und Arsenia sind für die Kantine zuständig. Es gibt genug Essen für uns 94 Menschen, zumindest für die nächsten paar Tage. Einfaches Essen. Das Wasser läuft, das war meine erste Forderung an TETA, daß sie die Wasserzufuhr nicht abstellen. Wahrscheinlich rät irgendein Spezialist ihnen, den kleineren Forderungen widerspruchslos zuzustimmen. Alkohol gab es glücklicherweise kaum. Klept patrouillierte, Schwänchen und ich nahmen uns die Typen vor. Unsere Leute. Wir teilten sie in unsere und nicht so sehr unsere. Einzeln ließen wir sie durch die Schleuse und redeten mit ihnen in einem der Sicherheitsräume. Im Raum des Seelversorgers. Wir hatten uns die Nacht über genau überlegt, was wir mit ihnen anstellen sollten. Kam nicht in Frage, alle zu bewaffnen und herumlaufen zu lassen. Wir haben eine Liste erstellt, eine Liste mit den Zuverlässigeren, Vernünftigeren, und eine mit den Problemfällen, den Unbeherrschten und

Verrückten. Die ersteren würden wir mit Pistolen bewaffnen, die anderen mit Betäubungsgewehren ohne Munition. Die ersteren würden drinnen wachen, die anderen draußen. Denn von draußen drohte keine Gefahr. Wenn die da draußen einen Großangriff unternehmen sollten, hätten wir sowieso keine Chance. Solche offenen Überlegungen konnte ich nur mit Schwänchen anstellen. Bei den anderen dreien hätte ich gar nicht gewußt, auf welche Liste sie gehört hätten. Aber sie waren nunmal dabei. Am wichtigsten ist, das Komzentrum zu kontrollieren. Von dort aus können wir die ganze Ruhestelle im Blick behalten, Durchgänge schließen, Strom abschalten, Betäubungsgase in die Sicherheitsräume lassen und mit der Außenwelt Kontakt halten. Ich will mich überwiegend hier aufhalten, abwechselnd mit Schwänchen. Ein Glück, daß er als Technikfreak gilt. Das beste Argument, nur ihm den Zugang zu gestatten. In einem angrenzenden Raum gibt es sogar eine Couch. Ich weiß nicht, wie lange wir aushalten werden, aber ich habe einige persönliche Ziele, die will ich bald in Angriff nehmen.

20

---MONTAG MITTAG---MONTAG MITTAG---

Sicherheitsraum. Sten Rasin, Schwänchen, Snoopy

– Ihr seid irre.
– Danke für das Kompliment.
– Total irre, ihr habt Dünnschiß in der Birne, ihr seid blöder als … als …
– Was ist das Problem, Snoopy?
– Kapierst du es nicht? Kann das sein, bist du so blöde? Oder tust du nur so. Haben sie euch vielleicht bezahlt dafür?
– Wofür?
– Uns umzubringen, uns zu vernichten, uns plattzumachen, wegzupusten …
– Snoopy, niemand wird hier plattgemacht.
– So, so. Und wie gehts hier weiter? Alles löst sich auf, alles bestens, so? Alles geht in Ordnung? Wir werden rausgelassen, wir gründen Familien in Häuschen mit Gardinen und Kindern und Sonntagen und Sonnenschirmen und Fahrradausflügen …
– Snoopy! Schlucks runter.
– Niemand will uns da draußen haben. Die werden einfach zwei Bomben abwerfen, fertig, dann mit Bulldozern drüberwalzen und eine neue Ruhestelle bauen. Die müssen uns nicht mal wegräumen. Die bauen einfach auf uns drauf.
– Die werden keine Bomben werfen. Das können sie sich nicht leisten.
– Das Risiko lohnt sich, Snoopy. Was hast du zu verlieren. Du hast gar nicht mehr gelebt. Das war doch kein Leben, was wir da hatten. Und wenn wir es wegwerfen – ist doch nicht schade drum.
– Du bist plötzlich ein richtiges Plappermaul geworden,

Schwänchen. Der Rasin hat dir den Kopf verdreht. Wir werden abkratzen.
– Wir waren schon tot, du Wurm. Wir waren tot und können deshalb nicht mehr sterben.

Sicherheitsraum. Das Monster aus Marseille. Sten Rasin, Schwänchen

– Rasin, du kommst mir schon zum zweiten Mal in die Quere. Du spielst dich auf. Du denkst, du bist groß. Groooß. Wir werden bald wieder spielen, und dann wirst du klein sein. Und du kommst auf mein Fell. Du bist der nächste. Sieh her, hier, siehst du das, du kannst bestimmt lesen, du bist so ein Klugscheißer, der lesen kann. Ich kann nicht lesen, aber ich lasse mir sagen, was hier draufsteht, das sind Tattoos Special, hat ein Meister geschrieben, ich habe ihm die Namen geflüstert, er hat geschrieben, es tat weh, aber ich freute mich über jeden Namen. Manchmal vergeß ich die Namen und bitte einen, sie mir vorzulesen. Und dann erinnere ich mich wieder, jedes Mal freue ich mich, wie ich mich erinnere, an die Männer, die alle tot sind. Ganz ganz tot. Weißt du, wem sie das verdanken? Du wirst dich auch noch bei mir bedanken, Rasin, du wartest nicht mehr lange.

Journalist

– Was?
– Ich bin es.
– Bist du verrückt!
– Du hast dich nicht gemeldet, was läuft denn ab?
– Ruf mich nicht wieder an, ruf mich nie wieder an. Wenn ich hier rauskomme …
– Ist ja gut, flipp jetzt nicht aus. Deine Süße macht sich Sorgen, ruft hier dauernd für dich an.
– Die Tür, scheiß …

---MONTAG NACHMITTAG---MONTAG NACHM

In der Zentrale von TETA, oberstes Stockwerk, Sitzungsraum

– Er macht einen intelligenten Eindruck auf mich.
– Einen gerissenen.
– Wieso wissen wir nicht mehr über ihn?
– Scheinbar existieren die Akten nicht mehr.
– Well, ich glaube, wir sind einer Meinung, es handelt sich nicht um den typischen Häftling. Das erschwert die Aufgabe, aber es gibt uns auch Chancen.
– An was denken Sie da?
– Wie lange kann ein intelligenter Mensch, ein Außenseiter, mind you, wie lange kann der 79 schwierige Charaktere einen? Wie lange halten sie zusammen? Vielleicht können wir nachhelfen.

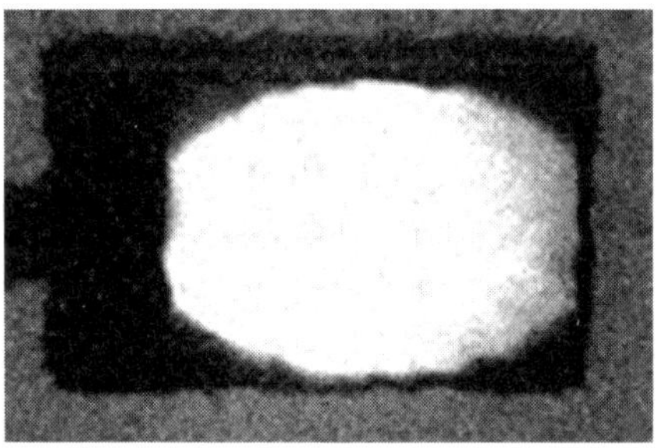

– Zwietracht säen?
– Das Wort fehlte mir.
– Wir könnten uns bei manchen Forderungen großzügig zeigen, wenn sie etwa Geld verlangen, nachgeben. Bei anderen Forderungen bleiben wir ganz stur.
– Nicht zu schnell nachgeben, meine Herren, auf jeden Fall verzögern, das ist unser Standardsatz Nummer eins bei Gei-

selnahmen. Verzögern, verzögern und nochmals verzögern. Wir haben mehr Zeit als die Geiselnehmer.
– Gefährden wir nicht das Leben der Geiseln?
– Sie wären erstaunt, wenn Sie wüßten, wie selten Geiselnehmer ihre Drohungen wahrmachen. Das ist das typische Problem der Geiselnehmer. Die Geiseln sind zwar ihre Stärke, aber es ist eine Stärke, die sie nicht oft nutzen können. Denn sie ist schnell verbraucht. Außerdem hoffen sie auf die Öffentlichkeit. Wer eine Geisel umbringt, bringt die Öffentlichkeit gegen sich auf. Und eine gewaltsame Lösung wird wahrscheinlicher.
– Jetzt müssen erst einmal die Forderungen auf den Tisch. Dieser Anführer, der hat etwas Schaum geschlagen, aber wir wissen immer noch nicht, was sie wollen.
– Das wird kommen. Das dauert nie lange. Für den Augenblick sollten wir nur beobachten und abwarten.
– Und kein Wort an die Medien. So restriktiv wie nur möglich.
– Ich fürchte, das wird noch ein Problem werden. Einige der Fernsehstationen werden versuchen, ganz nahe an die Ruhestelle heranzukommen.
– Wie denn das?
– Sie werden Hubschrauber mieten.
– Können wir das verhindern?
– Ich lasse das gerade prüfen, Flugverbot im Interesse der öffentlichen Sicherheit, wird aber noch etwas dauern. Aber gegen die Desperados von NEWS oder CNN können wir wenig ausrichten.

---MONTAG ABEND---MONTAG ABEND---MO

Kantine, Ruhestelle OST 3. Versammlung der Häftlinge

– Und fliegen irgendwo hin.
– Raus aus Europa!
– Ich sage weg, weit weg.
– Genau, nach Guinea, dahin waren wir schon unterwegs.
– Wir sollten uns ergeben.
– Wir sollten uns die Kugel geben.
– Nein, wir müssen dem da die Kugel geben, durch den Kopf, den er eh nicht benutzt.
– Was ist mit Kleidung? In dieser Kluft schreien wir nach Prügel.
– Die sollen uns saubere Anzüge geben.
– Klamotten, das setzt du auf deine Liste, klar.
– Die müssen auch sitzen, sonst fallen wir auf.
– Also, wer macht eine Liste mit unseren Maßen.
– Etwas Schickes, wenn es genehm ist.
– Huhuuu, kleidet den Pfauen bloß richtig ein.
– Wir brauchen auch etwas zum Wechseln. Ich würde vorschlagen, für jeden zwei Paar Hosen und Hemden und was noch dazukommt.
– Was ist mit Schuhen?
– Natürlich auch Schuhe.
– In Guinea gehen sie barfuß.
– Dann schick ich die Schuhe gleich wieder zurück, mit demselben Flugzeug, das kommt nur mit dem Paar Schuhe zurück.
– Ich sage, wir müssen uns ergeben.
– Verschiedene Schuhe, ja nicht immer dieselben.
– Warst doch bisher nicht so wählerisch.

– Pißnelke, geht darum, daß sie uns nicht so leicht erkennen können.
– Ihr vergeßt das wichtigste: Kohle.
– 100.000 Euro pro Person.
– Alte, abgenutzte Scheine. Und nicht durchnumeriert.
– Da merkt man die Berufserfahrung, he Koko.
– Und was machen wir mit unseren Köpfen? So einen Glatzkopf erkennt man schon vom Satelliten aus.
– Hüte!
– Und Klebstoff, damit wir sie festkleben. Sonst hast du ständig Panik, daß der Hut verrutscht.
– Aufgeben, ihr Spinner, aufgeben. Wir tauschen Geiseln gegen Gnade aus. Das ist die einzige Hoffnung.
– Stellt den ab, schick den in die Kammer, soll doch die Wächter quälen mit seinem Gejammere.
– Hüte taugen nichts, wir brauchen Perücken. Unterschiedliche Perücken. Männerperücken.
– Toupets heißen die.
– Die können heißen, wie sie wollen, wir brauchen viele davon, dreihundert Stück.
– Sehr gut, zum Auswählen.
– Das wichtigste haben wir jetzt, einen Freiflug, Kleider, Geld, und sogar Perücken.
– Man hat euch wirklich ins Gehirn geschissen. Habt ihr euch mal Gedanken gemacht über die Zeit danach?
– Was willst denn sagen, Sten?
– Daß wir vorsorgen müssen, sonst werden wir spätestens nach einigen Tagen wieder gefaßt.
– Tun wir doch.
– Nichts tut ihr. Ihr bildet euch das nur ein. Wo soll denn dieses Land sein, in dem man uns in Ruhe läßt. Meint ihr, in Guinea gibts keine Polizei. Und keine TETA-Niederlassung.

Das Land müßte noch erfunden werden, in dem wir uns zur Ruhe setzen können.

– Was denn dann?

– Wir müssen fordern, daß unsere Strafen aufgehoben werden. Keine Straftaten mehr auf dem Konto, kein Grund zur Verfolgung.

– Und wir versprechen ihnen, wir lassen sie hier in Europa in Frieden.

---MONTAG ABEND---MONTAG ABEND---MO

Sten Rasin

Die Versammlung endet in allgemeiner Euphorie. Es wird schon gutgehen. Zur Coca-Cola, das einzige Getränk, das es in rauhen Mengen gibt, werden die ersten Träumereien ausgetauscht. Vom schönen zukünftigen Leben in Havanna. Einer schwört Stein und Bein, von dort werde man nicht ausgeliefert.
– Läßt keine Gelegenheit aus, dieser alte Castro, alle anderen zu ärgern.
– Von wegen, meint Schwänchen, du weißt wohl nicht, daß TETA der größte Investor dort ist.
Das stört niemanden. Wenn sich konkrete Fluchtorte nicht finden, wird sich die Vorfreude auf unbestimmte Strände und Hängematten, Berghütten und Boote verlegen. Ich stehle mich davon, um die Nachrichten zu sehen. Jemand läuft mir hinterher. Zirkel. Fragt, ob er mitkommen dürfe. Mitten in einem dieser Verbindungsgänge kommt er zur Sache.
– Sag mal, Sten, eine Frage, eigentlich eher eine Bitte, ob es geht, ich würde gern mal ein bißchen Fernsehen gucken.
– Kein Problem, Zirkel, genau das habe ich jetzt vor. Wir werden uns die Nachrichten zusammen ansehen.
– Weißt du, ich wollte lieber, eigentlich, etwas anderes sehen.
Er blickt zur Seite, knetet seine Hände, benimmt sich, als habe ein Außenirdischer gerade gelernt, wie ein Mensch Unbehagen auszudrücken.
– Muß dich enttäuschen, Zirkel, wir kriegen hier die Satellitenprogramme nicht, also gibts auch keinen Pornokanal.
Wir sind beim Eingang zur Komzentrale angelangt, bewacht von einem sehr treuherzigen jungen Mann, der an einem

grimmigen Tag sein Gewehr in einem vollen U-Bahnwagon entleert hat, zu dem Schrei »wann lächelt ihr endlich?« Seitdem ist er friedlich. Seine Unzufriedenheit mit der Welt hat sich verbraucht, zumindest für einige Jahre. Wir haben keine Bedenken gehabt, ihn zu bewaffnen. Hinter dem Durchgang packt mich Zirkel am Ärmel.
– Nein, nein, ich will keinen Porno, wann hab ich denn sowas gesagt, nein, ich will was anderes …
Wieder Pause und Unbehagen.
– Ich habe mit einem der Gefangenen gesprochen, der kennt sich beim Fernsehprogramm gut aus, der erzählt, es gibt jetzt einen Kanal, der zeigt den ganzen Tag, Tag und Nacht, nonstop …
– Was denn Zirkel, was zeigt dieser fabelhafte Kanal?
– Comics! Die alten Comics. Tom und Jerry und so.
Fernseher an, NEWS-Kanal suchen. Zirkel drücke ich ein herumliegendes Programm in die Hand.
– Dann schau doch mal nach, was heute läuft.
Die Nachrichten beginnen. Das Foto im Hintergrund (Luftaufnahme der Ruhestelle) zeigt, daß wir Hauptthema sind.
– Wow, ich faß es nicht, weißt du, was läuft …
– Zirkel, laß mich.
– Goofy bei der Olympiade! Mein erster Film …
– Zirkel, halts Maul, ich muß …
– Mein Vater hat mich …
Zirkel muß aus dem Raum raus. Bin gerade rechtzeitig zurück, um das Wichtigste zu hören … Laut Quellen der Zeitung NEWS halten fünf Isolations-Häftlinge etwa 15 Geiseln in der Ruhestelle OST 3 gefangen … Was für eine Nachricht. Wunderbar. Die Information stimmt. Sie stimmt genau. Und das bedeutet: Sie kriegen Information von hier drinnen. Nur einer von innen kann das wissen. Eine der Geiseln liefert

Informationen nach draußen. Eine der Geiseln hat Kontakte zur Presse.
– Bingo, Zirkel. Das war der Trumpf, den wir gebraucht haben. Ich wußte es, wir werden unsere Glücksgötter brauchen, ohne sie schaffen wir es nicht. Und sie sind uns zu Hilfe geeilt, alle wie ein Mann.
– Ich kapier nicht, was du da laberst.
– Wann beginnt dein Film?
– In einer Stunde.
– In einer Stunde … Sag mal, diese Geisel, mit der du über das Fernsehprogramm gesprochen hast, wer ist das?
– Einer von der Putzkolonne.
– Und der hat sich einfach so mit dir unterhalten?
– Ja, der hat gern gequatscht, ich war erstaunt, der war ganz offen, hat sich nicht wie die anderen in sein Schneckenhäuschen verkrochen.
– Ich mach dir einen Vorschlag. Du begleitest mich zu diesem Mann. Wir quetschen ihn etwas aus, und dann siehst du dir deinen Film an.
Zirkel grinst.
– Und jetzt erzähl mir von deinem Vater und Goofy.
– Es war das einzige Kino in unserem Viertel, es lag direkt unter einer Stadtbrücke, für Autos und Eisenbahn, und wenn ein Zug kam, konnten wir den Film nicht mehr hören. Aber das machte nichts …

Der Journalist notiert

Plötzlich geht die Tür auf – vor mir stehen Rasin und ein anderer Kerl, der sich im Hintergrund hält. Jetzt erschießen sie dich. Aber Rasin lächelt nur und sagt: Wir sind stolz auf Sie, und jetzt geben Sie uns Ihr Handy. Dann knallt er die Tür wieder zu, nicht ohne mir zum Abschied noch einmal zuzulächeln. Wenn er mir in die Magengrube geschlagen hätte, es hätte mich weniger getroffen. Als sich meine Spannung löste, war ich eher wütend als erleichtert. Wie sie mit einem umgehen! Als sei ich ein Nichts! Aber ein Gedanke läßt mich hoffen: Die brauchen mich vielleicht noch. Anders kann ich mir dieses Verhalten nicht erklären. Keine Fragen, keine Drohungen, keine Anweisungen. Zumindest verhalten sie sich nicht unkontrolliert.

Geiseldrama!

Todesangst in OST 3

Unfaßbar! Aufstand in Autopol

... In der Ruhestelle Ost 3 haben am späten Montag abend fünf Isolations-Häftlinge alle TETA-Angestellten als Geiseln genommen. Sie kontrollieren das ganze Areal. Die Männer sind zu allem entschlossen – sie haben das Arsenal geplündert und stolzieren jetzt mit Betäubungsgewehren und Pistolen herum. Ein Rätsel, wie es ihnen gelungen ist, aus den angeblich ausbruchsicheren Transportern zu entkommen. Auch über die Identität der Täter will TETA nichts sagen. »Die Sicherheit der Geiseln geht uns über alles.« Um die Ruhestelle ist mittlerweile ein Belagerungsring gezogen. Schwerbewaffnete Einheiten sind in Stellung gegangen, ein Notlazarett mit Ärzten und Sanitätern steht bereit, in der Luft kreisen Hubschrauber.

Es ist kurz vor 22 Uhr. Fahrer, Sicherheitsmänner, Reinigungskräfte sitzen in der Kantine von Ost 3 – sie trinken Bier, feiern den Geburtstag eines Kollegen. Plötzlich geht alles ganz schnell: Mit Pistolen im Anschlag stürmen drei Häftlinge in den Aufenthaltsraum und überwältigen die fröhlichen Zecher.

»Macht keinen Scheiß, dann passiert euch nichts«, schreien die Terroristen – und zwingen die Geiseln, sich splitternackt auszuziehen. Handys und Uhren werden ihnen abgenommen, dann dürfen sie sich wieder anziehen. Die Reinigungsleute sperren sie in eine Toilette, die anderen Geiseln,

unter ihnen ein Arzt und eine Krankenschwester, in einen Sicherheitsraum. Allen wird schlagartig klar: Dies hier ist kein Spiel, dies ist Ernst, vielleicht sogar blutiger Ernst.
Knapp zwölf Stunden nach der Geiselnahme. TETA veröffentlicht die erste offizielle Erklärung. Darin heißt es, die Häftlinge hätten nur eines im Sinn: »Sie wollen raus. Und dafür ist ihnen jedes Mittel recht.«
Man muß also auch an die Sicherheit der Gesellschaft denken, denn diese Menschen haben mit dem Leben abgeschlossen und sind deshalb zu allem bereit.
Diese Terroristen kommen aus dem Schweigen. Unter ihnen Polizistenmörder, Vergewaltiger, Serienkiller – Psychiater haben sie alle als nicht therapierbar aufgegeben. Bevor sie nach Autopol kamen, lebten die meisten von ihnen jahrelang in Isolationshaft. Und nun zirkulieren sie seit Monaten auf Autopol. Ihre Namen muß man nicht kennen, um sich auszumalen, was passiert, wenn diesen Verbrechern die Flucht gelingt.

Journalist

– Du bist da, gut, hör zu.
– Was? Was ist denn mit dir …
– Wach mal ganz schnell auf, es ist wichtig, hörst du? Ich hab mir etwas Freiraum verschafft, keine Zeit, dir das zu erklären, für den Augenblick bin ich sicher, ich kann berichten, die sind ziemlich nachlässig, ich versuch, mich regelmäßig zu melden, und du bringst es ganz groß raus, ja. Du? Eine Bitte hab ich. Kannst du dich bei ihr melden, bitte? Du weißt schon. Erklär ihr, ich kann nicht und so. Ich denke an sie.
– Laß mich doch mal …
– Nein. Hör zu, die Häftlinge kontrollieren die ganze Ruhestelle, sie haben inzwischen die anderen Häftlinge aus ihrem Transporter rausgeholt und organisieren sich. Ich habe das Gefühl, daß es einen Anführer gibt, einen Typ namens Sten Rasin. Hast du den Namen? Sten Rasin. Bring etwas über ihn in Erfahrung. Und etwas über die Hintergründe: In Autopol werden die Häftlinge für besonders gefährliche Einsätze hergenommen, in AKWs, für Laborreinigungen usw., das nennt sich Sonderbehandlung. Vor ein oder zwei Wochen sind einige schwer krank geworden, das hat die Wut in dem Transporter so richtig entfacht, und das hat sie auf die entscheidende Idee gebracht. Nach der nächsten Sonderbehandlung haben sie sich zu fünft krank gemeldet. Der eine von ihnen, ein Trottel namens Zirkel, hat vorhin getönt: Den Trick kenn ich noch aus dem Heim, du frißt Seife, und dein Fieber knallt gegen die Decke. Von da an war es wohl leicht. Weil der Dummkopf von Arzt darauf reingefallen ist, es wird gemunkelt, er sei gar kein Arzt, sei über Beziehungen reinge-

kommen, da müßt ihr euch auch mal dranklemmen, manche verdienen sich hier dumm und dusselig, und die Krankenschwester, eine klasse Frau, heißt Tekla, die hat die Kranken nicht festgebunden. Sie ist die einzige, die freiwillig hier ist und nicht wegen dem Geld, gehört noch zu den Autopolaktivisten, du erinnerst dich, die am Anfang so gut organisiert waren, sie dürfte inzwischen eine der letzten Übriggebliebenen sein. Unter den Geiseln, die anderen sind meist Piloten und Sicherheitskräfte, ist ein alter schrulliger Mann, der Seelversorger, heißt Harm, schwer einzuschätzen, wie er bei den Häftlingen ankommt, manche scheinen ihn richtig gern zu haben, andere … Ich weiß nicht, noch ist es friedlich, aber wenn du diese Kerle sehen würdest.
– Reiß dich zusammen, du mußt mir mehr sagen …
– Ja, entschuldige, mehr weiß ich jetzt nicht, wir sind meist weggesperrt, ich melde mich.

– Sehr gut, Herr Journalist, sehr gut. Wir sind stolz auf Sie. Und jetzt geben Sie uns Ihr Handy zurück; wir sagen Ihnen schon, wenn Sie es wieder benutzen sollen.
– Bitte schön, Herr Rasin. Habe ich Ihren Namen auch richtig buchstabiert. Wäre ja tragisch, wenn Sie endlich groß rauskommen und falsch geschrieben werden.
– Sie dürfen wieder in die Abstellkammer, Herr Journalist.

Verhandlung Sten Rasin – TETA

– Wie ist Ihr Name, Unterhändler?
– Debis. Reggie Debis.
– Haben Sie alles verstanden?
– Ich glaube, ich habe alles verstanden. Wie Sie wissen, habe ich nicht die nötigen Befugnisse, um Ihre Forderungen zu erfüllen. Ich kann sie nur weiterleiten. Ich will noch einmal bekräftigen, daß der Vorstand von TETA gewillt ist, das Seine zu einer raschen und friedlichen Lösung beizutragen.
– Ich bin sicher, man wird erkennen, wie bescheiden unsere Forderungen sind. Wir erwarten als erstes den Abwurf der Nahrungsmittel. Heute noch. Geben Sie uns eine halbe Stunde vorher Bescheid.
– Es wird diesbezüglich sicherlich keine Komplikationen geben, Herr Rasin.
– Lassen Sie das mit dem Herrn. Ich glaube nicht an Herren. Sten Rasin ist mir gut genug.
– Einverstanden, Sten Rasin. Gibt es noch etwas?
– Ja. Eine letzte Forderung. Ich möchte eine halbe Stunde Fernsehzeit. Nach den Hauptnachrichten am Abend. Auf einem der großen Sender. Ich möchte frei reden, ungeschnitten, unbearbeitet. Die Fernsehleute können mich einfach vom Bildtelefon abnehmen. Wenn das technisch nicht geht, überlegen wir uns etwas anderes. Sie haben bis morgen früh Zeit für Ihre Antwort. Alles klar? … Debis, alles klar?
– Es könnte da Komplikationen geben, Rasin. Ihre Forderung ist ungewöhnlich, ja, etwas ungewöhnlich. Ich kenne solche Forderungen nur von politischen Geiselnahmen. Aber bei Ihnen?

– Dann betrachten Sie uns einfach als politische Geiselnehmer. Das wird Ihnen doch nicht schwerfallen.
– Wenn Sie meinen.
– Es treten so viele Idioten stundenlang im Fernsehen auf, was kann es Sie da stören, wenn ich noch hinzukomme?
– Ich halte Sie nicht für einen Idioten.
– Ach so. Nichtidioten kriegen im Fernsehen nicht das Wort.
– Sie wollen mich mißverstehen.
– Eine halbe Stunde für eine friedliche Lösung, das dürfte kein zu hoher Preis sein. Geben Sie uns bis morgen früh Bescheid. Das wars.
– Ah, noch etwas, sollten einige der Forderungen nicht zu erfüllen sein …
– Ich hasse es zu drohen, Reggie Debis. Es wäre so unnötig.
– Ich werde es weiterleiten.
– Tun Sie das.

---DIENSTAG NACHMITTAG---DIENSTAG

Der Journalist notiert

Tschuda tschuda tschuda – der Hubschrauber schwebte direkt über uns. Im Innern der Ruhestelle war der Lärm anfangs nur gedämpft wahrzunehmen. Dann schwebte der Helikopter hörbar noch tiefer. Das Kreischen des Motors und das Schlagen der Rotorblätter wurden so laut, daß man das Gefühl hatte, sich direkt unter einer Achterbahn zu befinden. Sturmangriff auf Ost 3, dachte ich. Die nehmen auf uns Geiseln jetzt keine Rücksichten mehr. Plötzlich kommen die Rotorblätter ins Stottern – dann ein lauter Knall, der Boden zittert wie bei einem Erdbeben. Der Hubschrauber ist draußen auf dem Parkplatz abgestürzt! Kein Dröhnen mehr, geht denn der Angriff nicht weiter? Wer weiß, was die vorhaben. Wenig später: lautes Getrampel und schreckliches Krakelen auf den Gängen vor der Kantine. Freudenschreie. Einer brüstet sich, den Helikopter mit einer Pistole abgeschossen zu haben. Die Typen sind durchgeknallt. Ob jemand von der Besatzung überlebt hat?
Von Tekla erfahre ich, daß es zwei Tote gegeben hat. Der Pilot und ein TV-Journalist, der den Hubschrauber gemietet hat, um über Ost 3 zu drehen. Nur der zweite Journalist hat schwerverletzt überlebt … Es fällt mir schwer, meine Gedanken zu ordnen. Was bedeutet das für uns? TETA und die Behörden müssen nun geradezu auf ein gewaltsames Vorgehen setzen.

---DIENSTAG NACHMITTAG---DIENSTAG

Kantine. Häftlinge, darunter das Monster aus Marseille, Snoopy, Arsenia

– Dumm ist nur, daß wir nichts zum Begießen haben.
– Der erste Abschuß, das verdient einen richtig geilen Schampus.
– Was französisches, die teure Nummer.
– Wieso bestellen wir uns nicht was?
– Wo denn?
– Bei einem Partyservice.
– Da hat Rasin bestimmt was dagegen.
– Was kümmert uns Rasin. Der wird mir zu wichtig. Überall Rasin. Was hat der schon zu sagen?
– Wir brauchen ihn.
– Wozu?
– Wie ein Klugscheißer daherreden, das können andere auch.
– Was ist jetzt mit dem Partyservice?
– Ich habe hier ein Handy.
– Laß sehen.
– Wo hast du denn das her?
– Einem aus der Kantine abgeluchst.
– Funktioniert das auch?
– Und wie. Ich habe schon meine Mutter angerufen.
– Und? Wie gehts deiner Alten?
– Keine Ahnung. Die dumme Kuh hat gleich aufgelegt.
– Was ist jetzt mit dem Partyservice?
– Hast du die Nummer?
– Nee.
– Dann halt dich zurück. Weißt du überhaupt, wie man an die Nummer rankommt?

– Nee.
– Man ruft die Auskunft an. Kennst du die Nummer der Auskunft?
– Nee.
– Was weißt du überhaupt?
– Immerhin hab ich den Chopper weggeblasen.
– War ja nicht zu verfehlen, wär schwieriger gewesen, daneben zu schießen.
– Gib mir mal das Handy. Ich besorg die Nummer.
– Kommt nicht aus der Hand. Das mach ich schon selber … Hallo, Schätzchen, hier sind einige stolze Krieger, die wollen sich amüsieren, möchtest du nicht herkommen. Laß es dir durch dein Köpfchen gehen, ich geb dir schon mal die Adresse – Ruhestelle OST 3, Autopol. Du fragst nach Arsenia. Ich wart auf dich, hey, ich brauch noch … is weg!
– Die Frauen legen bei dir aber auch immer auf.
– Die kannst du nicht lang an der Leine halten.
– Schnauze. Ich versuchs nochmal … Gib mir die Nummer von einem Partyservice … Sag das nochmal … wie war das … zu einem Arsch wie dir soll ich auch noch höflich sein, du willst mir was sagen, du willst mich belehren, wer bist du, du Kriechsack, du Ratte, du belehrst den falschen, mich belehrt man nicht … hast du kapiert, du Scheißhaufen …
– Gibs ihm, Arsenia.
– Haa … der is weg. Dem hab ich eingeheizt, wetten, der nimmt jetzt Urlaub.
– Wie wärs mit ner Telefonnummer.
– Kannst es einfach nicht abwarten. Macht doch Spaß.
– Dir vielleicht. Wir haben Durst.
– Is gut, jetzt mach ich auf seriös … Guten Tag, dürfte ich Sie bitten, die Nummer eines Partyservice, wenn es genehm ist … Wie bitte? Was für einen Partyservice, na, irgendeinen,

wir sind nicht wählerisch ... Was? Sag mal, was stellst du mir hier für bescheuerte Fragen, du Hampelmann ... interessiert mich nicht, wie viele Firmen es da gibt, wir wollen nur etwas Schampus, weil unser Kumpel hier einen Helikopter vom

Himmel geschossen hat, also, wirds jetzt mal ...
– Laß mich raten, er hat wieder aufgelegt.
– Snoopy, sperr jetzt diese Lappen von Ohren auf, die du hast. Ich sags nicht noch mal. Dein Labern geht mir auf die Nüsse, ich ertrag es nicht, ich könnte mich vergessen.
– Tu es nicht. Ich warte darauf.
– Das ist dein Problem, Snoopy, ohne das Monster bist du nichts. Wenn der mal verschwinden sollte, bist du Freiwild.
– Ich verschwinde nicht. Ich hab hier noch einiges offen.

Krankenstation. Tekla und Sten Rasin

– Wie geht es ihm?
– Schlecht.
– Haben Sie alles, was Sie brauchen?
– Wir sind kein voll ausgestattetes Krankenhaus. Wir können ihn langfristig nicht behandeln. Er muß in ein richtiges Krankenhaus.
– Aber für die Häftlinge reichte eure Ausrüstung. Oder ist einer von uns mal in ein richtiges Krankenhaus eingeliefert worden?
– Nein.
– Wieso sollten wir dann diesen Menschen hier bevorteilen?
– Weil er sonst stirbt.
– So wie die Männer, die mit Vergiftungen hier reinkamen, vor einigen Wochen.
– Woher wissen Sie das?
– Ich habe geraten.
– Vier sind gestorben. Ich habe alles versucht.
– Ich glaube Ihnen.
– Aber Sie sollten sich jetzt nicht an diesem Menschen rächen. Wir können so schwere Verbrennungen nicht behandeln. Er braucht eine Spezialklinik.
– Ich werde mit den Leuten draußen verhandeln. Wenn die uns entgegenkommen …
– Es kostet sie nicht viel, eine Geste.
– Ich weiß, menschliche Gesten kosten fast gar nichts. Wieso sind sie dann so rar?

20

---DIENSTAG NACHMITTAG---DIENSTAG

Sten Rasin, Reggie Debis

– Hallo Debis.
– Was heißt hier hallo …
– Sie haben Ihr Wort gehalten, das Wasser läuft, die Nahrungsmittel sind da; so weit, so gut.
– Rasin, hören Sie auf. Die Dinge laufen nicht mehr so, wie Sie sich das gedacht haben. Keine Gewalt, das haben Sie uns zugesichert. Und jetzt der Abschuß des Hubschraubers. Haben Sie ihre Leute überhaupt unter Kontrolle?
– Lassen Sie sich von diesem Unfall nicht täuschen. Meinetwegen können Sie gerne mit dem Irren weiterverhandeln, der den Hubschrauber runtergeholt hat. Der hat geglaubt, die Ruhestelle wird gestürmt. Statt für ein Flugverbot zu sorgen, haben Sie die Fernsehmänner Helden spielen lassen. Ihr Problem. Einen der Helden können Sie übrigens noch retten. Der liegt hier bei uns in der Krankenstation.
– Wir dachten …
– Was Sie immer denken. Unsere Leute haben einen Journalisten lebend aus der Maschine geholt. Er befindet sich in einem schlimmen Zustand.
– Wie schlimm?
– Arme und Beine gebrochen, Kopfverletzungen, Verbrennungen. Die Krankenschwester meint, er muß in ein Spezialkrankenhaus.
– Was meint der Arzt?
– Der hat sowas wie einen Nervenzusammenbruch, ist zu nichts zu gebrauchen. Außerdem meint die Krankenschwester, der könne nicht einmal eine Fliege heilen. Ist wohl darauf spezialisiert, Krankenberichte zu fälschen.

– Werden Sie ihn an uns übergeben?
– Wozu wollen Sie diesen Arzt haben? Der ist außerhalb Autopols wertlos.
– Ich meine den Verletzten natürlich.
– Wir werden an ihm ein Exempel statuieren. Ein Exempel unserer Kompromißbereitschaft und unserer Menschlichkeit.
– Rasin, geben Sie den Mann frei. In einer Spezialklinik kann er besser behandelt werden als in der Krankenstation.
– Ich weiß. Ich bin sicher, daß wir uns schnell einigen werden. Ich schlage vor, Sie schicken einen Hubschrauber mit einem Arzt an Bord und einem Fernsehteam. Ich werde den Fernsehleuten ein Interview geben, während der Kranke in den Hubschrauber gebracht wird. Außerdem sollte der Hubschrauber eine erste Ladung Perücken bringen, als Zeichen guten Willens. Kommen Sie ja nicht auf die Idee, die Perücken zu präparieren. Wir werden sie zuerst den Geiseln aufsetzen.
– Rasin, die Zeit ist zu knapp, wir schaffen das alles frühestens in drei Stunden.
– Debis, schenken Sie sich die taktischen Mätzchen. Der Mann ist schwer verletzt. Haben Sie alles verstanden?
– Ja.
– Und sagen Sie dem Piloten, er soll zuerst einige Minuten über dem Boden schweben, etwa in zehn Metern Höhe. Bis wir ihm das Zeichen zum Landen geben.
– In Ordnung.
– Ich halte mein Wort, Debis. Solange alles gut läuft, passiert den Geiseln nichts.

NEWS-Abendnachrichten

Und nun zu einer unerwarteten Wendung im Geiseldrama von Autopol! Unsere Redaktion erhielt heute nachmittag eine Bekenner-E-mail der Organisation »Revolutionäre Zellen zur Unterwanderung des totalitären Systems Autopol«. In diesem Schreiben wird behauptet, der Aufstand sei nur der Auftakt einer Reihe von Anschlägen auf »Knotenpunkte des repressiven Apparates von TETA«. Der Widerstand werde so lange weitergehen, bis Autopol nicht mehr existiere. Das Bekennerschreiben endet mit den Worten: »Unsere Brüder erhalten weiterhin unsere volle Unterstützung. Der Kampf hat erst begonnen.« Die Polizei geht davon aus, daß das Schreiben authentisch ist. Allerdings ist diese Organisation bislang noch nicht in Erscheinung getreten.
Sollten die Häftlinge wirklich Unterstützung von außen erhalten, dann stellt sich die Frage, ob vielleicht einige der Geiseln auf ihrer Seite stehen. Der Pressesprecher von TETA weist solche Vermutungen weit von sich. »Jeder unserer Angestellten unterliegt einer strengen und ausgiebigen Sicherheitsüberprüfung. Zudem ist der Kontakt zwischen Personal und Häftlingen im normalen Ablauf auf ein Minimum reduziert. Wir sollten uns in diesen schwierigen Tagen nicht eitlen Spekulationen hingeben.«

---DIENSTAG ABEND---DIENSTAG ABEND-

Der Journalist notiert

Wurde zu Rasin gebracht. Angenehme Abwechslung. Er saß am großen Pult im Komzentrum wie ein bedeutender Kommandant, der alles im Auge behält. Das Bildtelefon auf Standby, alle Überwachungskameras an, Nachrichtenkanäle auf zwei weiteren Monitoren. Wie lange hält er diesen Streß aus? Von null auf hundert, vorgestern noch graue Wände angestarrt und jetzt diesen ganzen Flimmer-Kuddelmuddel.
Der Grund für mein Herholen: News-TV hat berichtet, daß irgendwelche »Revolutionären Zellen« die Geiselnehmer bei ihrem Kampf gegen Autopol unterstützen wollen. Rasin will von mir wissen, ob ich dieses Bekennerschreiben für authentisch halte. Ich bin genauso skeptisch wie er. Ob er reagieren soll, will er dann wissen. Ich rate ab: Wenn es die »Revolutionären Zellen« gar nicht gibt, dann verbirgt sich dahinter eine Strategie von TETA, die darauf hinausläuft, ihn zu verunsichern – und der Öffentlichkeit eine Rechtfertigung zu liefern für eine möglichst schnelle Erstürmung von Ost 3. Immerhin kündigt das Schreiben weitere Anschläge gegen den Apparat von TETA an. Rasin hört sich alles aufmerksam an. Dann sagt er diesem Kerl namens Zirkel, bei dem mir immer ganz anders wird, er soll mich zurückbringen. In meine Zelle, hätte ich fast gedacht.

---DIENSTAG, 21:03---DIENSTAG, 21:0

An: NEWSTV-Redaktion@teta.eu
Von: Sten Rasin

Ich fordere Sie auf, beiliegendes Schreiben im Namen der Aufständischen in Ihren nächsten Nachrichten vorzulesen:

An die »Revolutionären Zellen zur Unterwanderung des totalitären Systems Autopol«:
Ich weiß nicht, ob wir uns kennen oder nicht, ob wir früher zusammen gekämpft haben oder Fremde sind.
Im Namen meiner jetzigen Mitkämpfer verbitte ich mir diese Anmaßung. Unser Aufstand hat mit euren Kindereien nichts zu tun. Wir brauchen und wollen Eure Unterstützung nicht.
Wendet Euch anderen Zielen zu.
Mit besonders revolutionären Grüßen
Sten Rasin

---DIENSTAG ABEND---DIENSTAG ABEND-

Walden, Ole, die Fahrer, der Sicherheitsbegleiter Martu, Seelversorger Harm, die Krankenschwester Tekla

– Tekla, verrat uns doch endlich mal, wie wir in diesen Schlamassel geraten sind.
– Das hat sie schon erzählt.
– Mir nicht.
– Du hast die Geschichte bestimmt schon gehört.
– Ich will aber ausführlich hören, wem wir diesen ungeplanten Urlaub zu verdanken haben.
– Willst du etwa Tekla beschuldigen?
– Ich will wissen, wie es angehen kann, daß bei unseren Sicherheitsvorkehrungen dieser Abschaum uns plötzlich im Sack hat.
– Laß Tekla in Ruhe.
– Es ging ganz schnell. Es gab gar kein Anzeichen. Ich habe aufgeräumt, im Stationszimmer, wie immer bevor ich schlafen gehe. Aber jetzt, wo ich dran denke, fällt mir etwas ein. Es war seltsam, daß vier von denen kein Fieber hatten. Bei den sonstigen Symptomen. Aber ich kenne mich bei Vergiftungen nicht so gut aus. Plötzlich hält mir jemand die Hand vor den Mund und zieht mir die Arme nach hinten. Sie haben uns natürlich ruckzuck überwältigt, den Arzt und mich. Wir haben beide nicht gemerkt, daß sie was vorgetäuscht haben. Die Ärzte nennen so was Münchhausen-Syndrom.
– Münchhausen! Das ist fast zum Lachen.
– Du machst mich nervös, Tekla. Kannst du nicht wenigstens mal einen Moment ruhig auf deinem Hintern sitzen bleiben.
– Sie ist doch sonst nicht so zappelig. War ein bißchen zuviel für sie.

– Scheiße, euer dummes Gerede nervt kolossal.
– Vielleicht überlegen wir uns mal lieber, wie wir hier wieder rauskommen, anstatt uns anzugiften.
– Ist völlig sinnlos, darüber zu diskutieren. Wir kommen doch keine fünf Meter weit.
– Mann, ich denke ja gar nicht an Flucht. Vielleicht sollten wir mit denen mal sprechen. Harm kennt viele von den Kerlen. Der kann vielleicht vermitteln. Harm, sag doch was, du sitzt da wie eine Ölgötze.
– Was soll ich sagen? Du kannst dir an den Fingern einer Hand ausrechnen, daß wir keine Chance haben. Auf ein paar unwichtige Forderungen werden TETA und die Behörden eingehen. Aber glaubt denn einer von euch im Ernst, daß die denen freien Abzug geben? Am Ende opfern sie uns. Selbst Rasin weiß, daß er keine Chance hat.
– Gerade deshalb solltest du mit ihm sprechen, du könntest ihn zum Aufgeben überreden.
– Weiß nicht, ob ich dafür der Richtige bin. Ich hatte neulich schon mal das Vergnügen mit dem Herrn. Denkt lieber mal daran, daß unser Leben in Gottes Hand liegt. Wir sollten uns an ihn wenden, um unsere Furcht zu besiegen. Er wird bei uns sein …
– Hör auf, ich faß es nicht! Du glaubst doch gar nicht, was du da predigst, du Pseudopriester.
– Martu, halt dein freches Mundwerk.
– Laß ihn, er weiß ja selbst nicht, wie recht er hat. Vielleicht sollte ich das Wort Gott wirklich nicht mehr in den Mund nehmen. Es nimmt mir keiner ab. Hier nicht und außerhalb von Autopol erst recht nicht. Mein ganzes Leben lang habe ich mir nichts mehr gewünscht, als daß Gott durch mich hindurch spricht. Hat sich nie erfüllt, diese Hoffnung.
– Mir kommen gleich die Tränen.

– Schon als junger Priester hatte ich ständig Angst, daß die Leute merken, daß ich meine Predigten nur so herunterbete, daß ich nicht dahinterstehe. Ich dachte, wenn ich nur lange genug dabeibleibe, wird der Funke irgendwann einmal überspringen.
– Priester? Waren Sie das früher wirklich?
– Schon, aber immer ohne Gemeinde. Nach der Weihe haben sie mich erst mal in die elektronische Seelsorge gesteckt. Da durfte ich dann CD-Roms mit christlichen Abenteuerspielen entwickeln.
– Ach Herrjeh.

– Ist lange her, aber ich erinnere mich noch an eins, das hieß »Bibellabyrinth«. Da mußte man durch Kirchen wandern und Fragen aus dem Neuen Testament beantworten.
– Christen und Computer, das ging zusammen?
– Nicht wirklich. Nach zwei Jahren bin ich deswegen ja auch zur Autobahnseelsorge. Lästerzungen nannten meine Kapelle immer »Tankstelle zum Lieben Herrgott«.
– War das sowas wie eine Drive-in-Church?

– So ähnlich. Die Autofahrer sind gekommen, wenn sie mal eine Pause brauchten und für ein paar Minuten Ruhe suchten. Viele haben in meiner Raststätte ihre Sorgen abgeladen. Beichte, Gesprächstherapie, Meditationen – alles habe ich gemacht.
– Das ideale Praktikum, um in Autopol groß Karriere zu machen. Seelversorgerchen, du wirst es mir nicht glauben, aber ein paar von euch Autobahnbrüdern habe ich in meinem früheren Job kennengelernt.
– Und ich dachte immer, du bist als Sicherheitsbegleiter zur Welt gekommen.
– Nein, ich war bei einer Spezialfirma, die Spuren beseitigt.
– Was für Spuren.
– Allen möglichen Dreck. Das Blut auf der Straße oder auf dem Parkett. Kaum war die Leiche abtransportiert, die Ermittlungsfotos geschossen, mußten wir ran.
– Warst du der Kripo untergestellt?
– Nein, wir haben nicht nur Mordspuren beseitigt. Meistens waren es Unfälle. Manchmal auf der Autobahn. Bei Schwerstverletzten waren wir gar nicht so selten die Nachhut der Autobahnpriester.

20

---DIENSTAG ABEND---DIENSTAG ABEND-

Komzentrum, Sten Rasin, Klept

– Gibt ein Problem, Sten.
– Ja?
– Einige weigern sich, in den Transporter zurückzugehen. Sie wollen in der Ruhestelle übernachten.
– Die Gruppe um Snoopy und das Monster?
– Genau.
– Was wollen die?
– Sie sagen, man kann dir nicht trauen. Du würdest uns alle verraten.
– Werde ich das, Klept?
– Natürlich nicht, Sten. Du wirst uns rausholen.
– Was sollen wir machen?
– Sie sagen, die Geiseln müssen nicht in den Krankenbetten schlafen, die können auch auf dem Boden in der Kantine schlafen, oder auf den Stühlen, wenn sie wollen.
– Dadurch werden achtzehn Betten frei. Und die anderen?
– Es geht denen nicht um die anderen. Sie sagen nicht, daß alle draußen schlafen sollen. Nur einige.
– Sie selbst. Ich kanns mir denken. Gut. Geben wir nach, solange es nichts kostet. Einer von uns muß die Krankenstation überwachen.
– Ich kann das machen.
– Dann gib ihnen Bescheid, und leg dich hier im Nebenzimmer hin. Du kannst ein paar Stunden vorschlafen.
– Geht in Ordnung, Chef … Entschuldige, ist mir so rausgerutscht.

Wer sind sie?

Die Geheimnisse der Terroristen von Autopol

... Was wissen wir über die Terroristen? Nichts. So gut wie nichts. Das ist eine weitere Überraschung in der sensationellen AUTOPOL-Geiselnahme. Dank unserer guten Quellen kennen wir den Namen eines Geiselnehmers, des vermutlichen Anführers – zumindest das. Aber wohin führt der Name Sten Rasin? Ins Nichts. Er ist weder bei Interpol noch in den Zentralarchiven der regionalen Kriminalämter verzeichnet.

Und die Pressestelle von TETA veröffentlicht nur eine kurze Charakteristik. Auf Anfrage behauptet Herr Bart, der Pressesprecher des Vorstandes, über mehr Informationen verfüge TETA nicht. Der Verdacht liegt nahe, daß alle Daten über die Häftlinge gelöscht wurden. Nach dem Motto, wer ausgeschafft wird, muß nicht mehr erfaßt sein. Die Hintergründe verbleiben im dunkeln. Um die paar zusätzlichen Megabyte Speicherplatz wird es doch nicht gehen? Und: Wie gesetzlich ist das? Professor Kim, Spezialist für europäisches Strafprozeßrecht, meint dazu lapidar: Wir bewegen uns hierbei in einer gesetzlichen Grauzone. Wenn alle Revisionsstufen durchlaufen sind, kann der Häftling die Fortdauer seiner Aktenkundigkeit wohl nicht einklagen.

Fragen über Fragen. Was als terroristischer Akt begann, wird zunehmend zu einem Politikum. TETA gerät unter Druck. Die Politiker, bislang nicht sonderlich geneigt, sich in die Angelegenheiten von AUTOPOL einzumischen, sind nun gefordert.

20

---MITTWOCH FRÜH---MITTWOCH FRÜH---

Verhandlung Sten Rasin – Reggie Debis

– Wo waren Sie gestern abend, Debis?
– Ich muß auch mal schlafen. Tut mir leid.
– Was war das für ein Fernsehteam?
– Ich verstehe Ihre Frage nicht.
– Von welchem Kanal, welches Programm?
– Ich weiß nicht so genau.
– Nicht so, Debis, so läuft das nicht. Hat bisher gut mit uns geklappt, mach es nicht kaputt!
– Es war ein Team von der Presseabteilung von TETA.
– Die werden nichts bringen.
– Es gibt eine TETA-Sendung, einmal wöchentlich. »Aus unserer Welt« heißt sie, sie wird mit hoher Wahrscheinlichkeit einen Ausschnitt senden.
– Wann?
– Am Freitag.
– Sie Arschloch. Ich habe überhaupt nicht vor, am Freitag noch hier zu sein. Sie haben mich gelinkt.
– Das war nicht meine …
– Erklären Sie mir nichts. Das ist jetzt egal. Sie haben noch zwei Stunden. Wir warten auf Ihre Antwort. Sie sollten uns nicht ein zweites Mal reinlegen.

---MITTWOCH MITTAG---MITTWOCH MITTA

Versammlung der Häftlinge in der Kantine

– Es gibt gute Nachrichten.
– Jaou-houhou!
– Rattatatatam.
– Dem größten Teil unserer Forderungen ist entsprochen worden. Das Flugzeug, mit dem wir fliegen dürfen, wohin wir wollen. Auch das Geld, die Klamotten, die Perücken. Könnte alles morgen kommen. Das heißt, übermorgen könnten wir fliegen.
– Hu-hu-huhuhuhuhuuuuu.

– Aber … aber, noch ist nicht entschieden, ob unsere Strafen aufgehoben werden. Das müssen wohl die Richter klären, wahrscheinlich sogar der Minister. Sie werden sich frühestens morgen entscheiden.
– Ich will zwei Sachen sagen. Zum einen, ich finde das stark und will sagen, daß Sten das toll gemacht hat …
– Ist gut, Bubi, laß die Männer über was Wichtiges reden. Ich bin dafür, daß wir bis morgen warten, aber wenn dann das

mit den Strafen noch nicht klargeht, können wir auf die Strafen scheißen. Wir fliegen los.
– Wohin denn?
– Gibt keinen Ort, der uns will.
– Ich hab mit meinem Bruder telefoniert, der kennt sich aus in Politik, der hat mir den Namen eines Staates genannt, hab jetzt vergessen, wie der hieß, aber wir können gleich noch mal anrufen, ein arabisches Land war das.
– Ein arabisches Land? Schwanz ab, das ist das erste, was die dort mit dir machen werden. Die haben ein Gesetz, da wird immer der Körperteil, mit dem du was Böses angestellt hast, abgeschnitten.
– Also bei dir der Kopf.
– Nein, bei dem zuerst die Zunge.
– Wir finden schon was, irgendwo weit weg, wir wissen es nicht, wir sollten es darauf ankommen lassen, auf jeden Fall tausendmal besser, als hier rumzusitzen und darauf zu warten, daß sie uns hochnehmen.
– Wer weiß, vielleicht ändern die ihre Meinung.
– Der Rasin, der hat immer so seltsame Vorstellungen, ich weiß nicht, ob wir ihm trauen können.
– Du spinnst! Wer hat denn all das überhaupt erreicht?
– Egal, was der erreicht hat. Wir müssen festlegen, wann die Sachen abgeworfen werden und bis wann wir warten. TETA braucht wahrscheinlich einen Termin, damit die das Flugzeug vorbereiten können.
– Samstag früh, sage ich, der gute Start ins Wochenende.
– Gute Idee, ganz in der Früh, bei Sonnenaufgang.
– Laß uns mal abstimmen.

20

---MITTWOCH MITTAG---MITTWOCH MITTA

Verhandlung Sten Rasin – Reggie Debis

– Ich habe eine Antwort auf ihre Forderungen.
– Und?
– Es gibt unproblematische und problematischere Bereiche. Ich werde mit den unproblematischen beginnen. Der Vorstand von TETA sieht sich in der Lage, Ihnen ein Flugzeug zur Verfügung zu stellen und Sie in ein Land ihrer Wahl fliegen zu lassen. Auch die verschiedenen Dinge, die Sie wünschen, die Kleidung, die Perücken und natürlich das Geld können geliefert werden. Ab morgen vormittag. Sie müssen uns nur den Zeitpunkt mitteilen. Etwas schwieriger gestaltet sich die Befriedigung Ihrer weiteren Forderungen. TETA ist selbstverständlich nicht befugt, Ihre Verurteilungen zurückzunehmen. Das entspricht einer Begnadigung, und das überschreitet unsere Entscheidungsbefugnis. Wir haben Ihren Wunsch an die Justizbehörden weitergeleitet. Aber sie werden nicht vor morgen entscheiden können. Frühestens morgen.
– Sie halten uns hin, Debis.
– Wir haben alle Ihre Forderungen erfüllt. Alles, was in unserer Macht steht.
– Wie sieht es mit dem Fernsehen aus?
– Nun, wir haben darüber schon einmal gesprochen, Ihre Forderung ist ungewöhnlich. Das Material, das unser Team von dem Treffen mit Ihnen mitgebracht hat, ist in der Zwischenzeit gesichtet worden. Wir könnten uns vorstellen, daß Sie auch eine Aussage machen …
– Nicht Aussage, Debis, ich bin wieder ein freier Mann und mache keine Aussagen.
– Das war keine Absicht, Entschuldigung. Sie könnten sich

etwas ausführlicher im Rahmen der TETA-Sendung äußern.
– Ich hab mich informiert, diese Sendung, diese Konzernpropaganda um 18.00 Uhr am Freitag wird wiederholt um 14.00 Uhr am Sonntag, das sieht kein Mensch. Sie wollen mich den Frustrierten und Gelangweilten vorsetzen? Um die wachzurütteln, oder was?

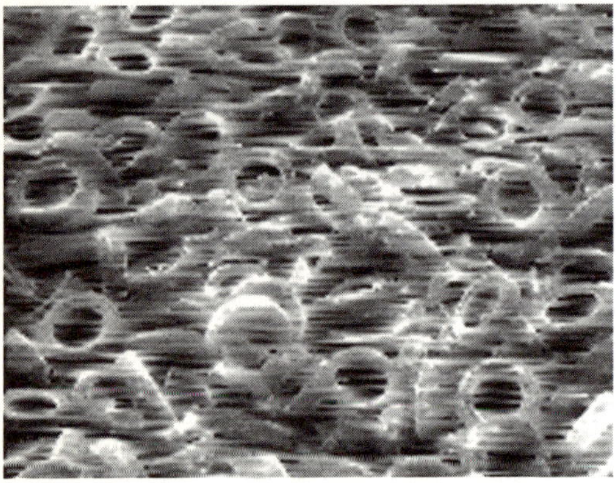

– Wir haben Ihre Forderung auch an die großen Sender weitergeleitet, aber die verhalten sich vorsichtig, abwartend. Auch in dieser Angelegenheit muß erst mit den Justizbehörden Rücksprache gehalten werden.
– Es hat schon zwei Tote gegeben. Wie viele Leben will die Justiz noch abwarten?
– Ich bin sicher, es wird dort unter Hochdruck gearbeitet. Wir bemühen uns, Rasin. Wir haben unsere nachdrückliche Empfehlung abgegeben.
– Melden Sie sich morgen um 12.00 Uhr wieder, aber mit Entscheidungen, endgültig. Sonst werden wir endgültig.

TETA-Zentrale

– Ich kann es nicht glauben. Ich sage Ihnen, Sie sollen hinauszögern, verhandeln, am ausgestreckten Arm verhungern lassen. Und was tun Sie? Kaum bin ich für 24 Stunden weg, geben Sie sofort nach. Sie haben alle Trümpfe weggegeben.
– Wir haben uns eine andere Taktik überlegt.
– Was für eine Taktik denn. Die Taktik der Kapitulation? Oder die Taktik der Dummheit?
– Hören Sie, Herr Professor, Sie sind hier als Berater, und wir haben momentan keinen Bedarf für Ihre professionelle Einschätzung.
– Ich verlange zu wissen, was abläuft.
– Das ist geheim. Wir können Ihnen nichts mitteilen. Wir müssen uns jetzt dringenderen Aufgaben zuwenden. Danke für Ihre Mitarbeit. Auf Wiedersehen.

Der Nutzlose

Der Nutzlose hat seit Tagen nicht gegessen. Er kriecht. Er hatte sich verkrochen, in seinen Stollen, geschlafen, gedämmert, versucht, alles zu vergessen. Auch den Hunger. Das ließ der nicht zu. Schlug ihm in den Magen. Die Schmerzen trieben den Nutzlosen hinaus.
Jetzt kriecht er auf Häuser zu. Er hat keine Angst vor Strafe. Er wird zu den Häusern kriechen. Was immer geschieht. Er liegt da und sieht die Häuser, und wieder ist etwas falsch. Das Monster. Das Monster steht, still und ruhig, es ist angebunden. Steht still. Wenn es hell ist, bewegt sich das Monster. Sonst immer.

Er weiß nicht, ist es gut für ihn, ist es nicht gut. Der Nutzlose kriecht. Vielleicht gibt es hier einen Automaten. Vielleicht hat sich etwas geändert, und er hat es nicht verstanden. Viel-

leicht gibt es hier Essen, jetzt. Wenn schon die Monster angebunden werden.
Der Nutzlose wird gestochen. Der Stich und eine Stimme. Der Stich hat einen Schaft und der Schaft einen Kolben, und der Nutzlose erinnert sich, wie ein Gewehr aussieht. Die Stimme will etwas von ihm, die Stimme bedrängt ihn. Er kann nicht bedrängt werden, er verliert sich, er verkriecht sich in Schweigen und Nichthören und Nichtverstehen. Die Schmerzen erreichen ihn an einem anderen Ort. Er muß sich kratzen, aber er hat sich so verkrochen, er weiß nicht mehr, wo sein Rücken ist. Wo die Stelle am Rücken ist. Er wird nicht gehen. Er wird nicht weiterkriechen. Er wird den Schmerz an die falschen Orte schicken.
Bevor er sich weiter zurückzieht, sieht er eine zweite Stimme, eine stichlose Stimme. Er weiß nicht, was das bedeutet.

---MITTWOCH ABEND---MITTWOCH ABEND-

Sten Rasin, Schwänchen, Tekla

– Halten Sie die Hand trocken. Der Verband muß morgen früh gewechselt werden. So, fertig. Es ist nicht schlimm. Der Biß ging nicht tief.
– Wieso läßt du dich beißen? Dich kann man nicht alleine auf die Straße lassen.
– Grrrr.
– Kann ich gehen?
– Ja, danke. Ach, noch etwas, Schwester. Muß er gegen Tollwut geimpft werden?
– Wenn ich wüßte, was ihn gebissen hat, und wenn ich dieses Wesen auf Tollwut untersuchen würde, könnte ich Ihnen darauf eine Antwort geben.
– Wir werden gleich darüber reden. Danke.
...
– Was war, Schwänchen?
– Das war Absicht, es war vorbereitet, ich sags dir. Reine Absicht.
– Wo ist es passiert?
– Beim Wachwechsel. Einer der Deppen, die um das Monster herumschleichen, der wollte sein Gewehr gegen die Pistole von Rackut tauschen. Hat ihn aufgezogen, daß er was Längeres braucht, eine Waffe, die was hermacht, eine halbe Portion mit einer halben Waffe, das komme nicht gut. Rackut war etwas verunsichert, guckte links und rechts und überallhin. Da hab ich mich eingemischt. Hab ihm erklärt, daß die Gewehre für das Patrouillieren draußen besser sind. Er hört überhaupt nicht zu, er labert, fuchtelt herum – plötzlich steht er neben mir und greift nach meiner Pistole, hat sie schon in

der Hand, nun, ich pack mir seine Hand, drücke fest zu, er schreit, und schon hab ich seine Beißer im Fleisch.
– Solche Sachen passieren.
– Du hättest seinen Blick sehen sollen danach, er freute sich, aber ruhig, der war nicht ausgeflippt, das war ganz ruhiger Triumph.
– Die langweilen sich.
– Ne, das ist was anderes, die wollen sehen, wie weit sie gehen können, wie entschlossen wir sind. Es muß nur irgendeine Kleinigkeit schiefgehen, es muß nur einer mal probieren, mit dem Gewehr zu schießen, und dann blöd dastehen, am besten natürlich auch noch vor den anderen, dann explodiert es.
– Sten, hallo Sten, hörst du mich?
– Ja, Sten hier.
– Du solltest nach draußen kommen. Da ist was los, hier vor dem Kantineneingang.
– Wo bist du?
– Hinter dem Fenster.
– Gut, bleib da, wir kommen.

20

---MITTWOCH SPÄTABENDS---MITTWOCH

Sten Rasin

Draußen ist es schon verdammt kalt. Die vier, die Außenwache schieben sollen, die haben sich um eine zusammengekauerte Gestalt versammelt, paffen und witzeln herum. Einer legt einen Tritt nach, als könnte er sich damit wärmen. Wir werden uns wieder unbeliebt machen und ihnen das Spielzeug entreißen müssen.

Der Mensch hat die Augen geschlossen. Ist in zwei alte Mäntel gekleidet, übereinander, darunter etwas Dunkles, das

stinkt. An den Füßen Stiefeln. Und ein alter Tornister. Den machen wir nicht auf. Damit würden wir dem Mann zu nahe kommen. In diesen Tornister möchte keiner hineinschauen. Die Tritte, die Sprüche haben aufgehört. Vereint in schweigendem Staunen. Mehr Entsetzen als Abscheu oder Argwohn. Über diesen Menschen, über seine Geheimnisse. Seltsam, wenn wir Bewohner der Hölle auf jemanden treffen, dessen Elend uns mehr ängstigt als unser eigenes.

Trotzdem beschimpfen ihn die Wachen, er sei ein Spion. Wollen uns davon überzeugen. Meint ihr, man kann diese Ausschläge, diese Furunkel, diesen Gestank, diesen Gesichtsausdruck nachmachen?
Schwänchen hebt das Bündel Mensch auf.
Das ist ein Nutzloser, ihr Blödmänner, der hat sich verirrt.
In der Kantine geben wir ihm Essen, Trinken. Setzen es ihm vor. Es dauert eine halbe Stunde, bis er die Augen öffnet. Und noch länger, bis er von dem Essen nimmt. Das Getränk im Becher, das scheint ihm vertrauter zu sein. Aber zum Reden bringen wir ihn nicht. Zumindest heute abend nicht. Er bringt kein Wort heraus. Er deutet mit nichts an, daß er uns überhaupt versteht. Daß er überhaupt reden kann.
Schwänchen schlägt vor, den Menschen in einer der Kojen übernachten zu lassen. Von dort können seine Gerüche uns nachts nicht überfallen.

Der Journalist notiert

Neonröhren unter weißen Plastikverkleidungen. Es gibt nichts Deprimierenderes, wenn das der einzige Anblick ist, den man dir gewährt. Grelles, kaltes Licht. Und die Angst, müde zu werden. Etwas nicht mitzukriegen. Etwas Falsches zu tun. Auf so eine Chance habe ich gewartet. Nicht verschlafen. Nur nicht verschlafen. Vorhin, in der Kantine, haben die Häftlinge (seltsam, ich nenne sie immer noch so, obwohl sie doch jetzt die Wächter sind und wir die Gefangenen) mit kindlicher Freude ihren Kopfschmuck ausprobiert. »Meine heißt New Port«, sagte einer und lachte durch die Nase. »Hört mal zu, was die hier in dem Prospekt schreiben: Handmade, casual model for the man at the heart of business life.« Die drei Häftlinge schüttelten sich vor Lachen. Einer, ein Schwarzer mit schimmernder Bronzehaut, haute sich auf die Schenkel und platzte raus: »Mein Teil heißt Spot: Top-of-the Range-Model. Uncompromising – only the best for the head. To keep you in the Spotlight.« Sie lachten und setzten sich gegenseitig die Toupets auf. Und haben sich irrsinnig amüsiert, während wir, oder vielmehr die anderen, sich duckten und sich kaum trauten, zuzusehen. Verstohlene Blicke vom Suppenteller hoch. Dann ging der Dritte durch die Reihen, langsam, tat nichts, aber dieses langsame Gehen im Rücken, während du eklige Suppe löffelst, das macht einen unglaublich nervös. Beim Rausgehen kam ich direkt an ihm vorbei. Ein Mann Anfang fünfzig, klein, höchstens einssechzig. Ein teigiges Gesicht. Und nußbraune Augen, die tief in den schwammigen Falten unter seiner Stirn versteckt liegen. Draußen auf der Straße wäre er mir nicht aufgefallen.

---MITTWOCH SPÄTABENDS---MITTWOCH

Krankenstation. Das Monster, Snoopy, acht andere Häftlinge

– Gemütlich ist das.
– Seit Jahren wieder ein Bett.
– Ich hab vorhin daran gedacht, das letzte Mal war bei einem Blutspendedienst, das Jahr habe ich mir noch nicht zusammengerechnet, ich war auf der Flucht, und mein Weib, das war ne Süße, Tanzlehrerin, Aerobic und so Zeug, war damals groß in Mode, die hatte mich vor die Tür gesetzt …
– Das hast du dir bieten lassen?
– Ich bin nicht mal reingekommen, sie hatte ein Guckloch, ich hab sie nicht mal gesehen. Früher, als wir miteinander gut waren, da hat sie eine Tür gehabt, die hab ich mit einem Tritt weggehabt, aber jetzt war so ein dickes Teil da, nichts zu machen, und außerdem hat sie Polizei geschrien …
– Du hast dich verkrümelt.
– Bin in eine Bar in der Nähe, gabs eine Blonde hinter dem Tresen, die war so 50, aber irrsinnig gut gehalten, straffer Arsch, trug immer Jeanshemden, machte mich das vielleicht an, Haar nach hinten, und am Abend siehst du keine Falten …
– Was willst du auch groß wählerisch sein nach dem Jahr im Knast, da nimmst du doch die erste Fotze, die dir über den Weg läuft.
– Ich hab einige Runden Pool runtergerissen, mit ihr gequatscht und dann gewartet, bis sie abgeschlossen hat. Schon auf dem Heimweg hatt ich sie im Arm. Ich sag euch, so ältere Frauen sind im Bett …
– So gut wie ältere Männer, stimmts?
– Ich hab ausgeschlafen, wach auf und sie liegt neben mir, in einem richtigen Bett, ich sehe zwar die Falten, aber ich war in

dem Moment so glücklich, ich hab ihr angeboten, Frühstück zu holen …
– Hat sie dich weichgeknutscht.
– Woher hast denn Geld gehabt?
– Nein, sie hat mir Geld gegeben, ist sogar aufgestanden, der Morgenmantel halb offen, hat mir an der Tür tschüs gesagt. Ich kauf richtig sorgfältig ein, überprüf jeden Apfel und jede Erdbeere, hol Brötchen, die vor meiner Nase aus dem Ofen kommen, geh in einen Käseladen und tob mich bei den Stinkern aus und bin zwei Tüten schwer auf dem Weg zurück, steh vor ihrem Haus und sehe an ihrem Klingelschild einen Zettel. Der war für mich.
– Sie wollt dir sagen, daß du auch Butter besorgen sollst.
– Sie hatte Radio gehört, und sie hatte den Schmetterling auf meinem Rücken gesehen. Sie gab mir Zeit, abzuhauen. In einer Stunde würde sie die Polizei rufen.
– Hast du das geglaubt?
– Da kann man nur den Schwanz einziehen …
– Ach, wenn du deine Arbeit nachts richtig getan hast, dann brauchst du doch keine Angst haben, die verpfeift dich nicht. Kannst es ihr noch einmal besorgen und dann dafür sorgen, daß sie nie mehr zwitschert.
– Ich bin weg, mit den Tüten, hab mich immerhin drei Tage davon ernährt, ist irre, wie lange so ein Frühstück hält, wenn man es sich einteilt. Schlief im Park, im Gebüsch. Dann hatte ich nichts mehr zum Futtern und brauchte Geld und bin zum Blutspenden gegangen.
– Du bist ein Idiot.
– Das hab ich gemerkt, ich lag noch auf dem Bett, als sie mich verhaftet haben.

20

---MITTWOCH SPÄTABENDS---MITTWOCH

Komzentrale. Sten Rasin und Schwänchen

– Unser Problem ist, daß wir unseren Drohungen kein Gewicht verleihen können.
– Wie meinst du das?
– Das weißt du besser als ich, Sten. Bist du etwa in der Lage, eine der Geiseln zu erschießen? Eigentlich haben wir Glück gehabt, daß der Spinner den Hubschrauber runtergeholt hat, dadurch glauben die, wir seien gefährlich.
– Manche von uns sind gefährlich.
– Um so schlimmer für dich. Nach außen mußt du gefährlich wirken, und hier drinnen mußt du die anderen davon abhalten, sich gegenseitig die Kehle durchzuschneiden.

– Du bringst mich auf eine Idee. Debis muß einen Eindruck davon bekommen, wie schlimm es wird, wenn er nicht schnell mit mir handelseinig wird.
– Vielleicht sollten wir ihn mal mit dem Monster sprechen lassen.

– Der macht bei so einem Zirkus nicht mit. Wenn du ihn ranläßt, will er nicht mehr weg. Der meint dann bestimmt, er kann das alleine.
– Glaubst du eigentlich, daß wir eine Chance haben?
– Natürlich, ich vertraue dir.
– Laß das mal beiseite. Die haben so schnell nachgegeben. Ich habe mit dem Journalisten geredet. Er meint, in den Kleidern seien sicherlich irgendwelche Sender versteckt, mit denen sie uns verfolgen können. Und das Geld könne heutzutage chemisch behandelt werden, und was weiß ich noch. Und dann glaube ich nicht, daß sie uns bis zum Flugzeug lassen. Im Iso-Transporter sind wir fast schutzlos. Wenn sie schnell angreifen, würden in dem Getümmel wahrscheinlich kaum Geiseln umkommen. Das Risiko können sie eingehen. Ich bin sicher, die lassen uns nicht weg. Wenn das Fernsehen nicht wäre, die würden uns alle töten.
– Wieso verhandelst du dann weiter?
– Bevor das geschieht, möchte ich wenigstens noch den einen oder anderen Schlag gegen Autopol landen. Der Journalist kann uns da behilflich sein.

Der Journalist

– Ich bins wieder.
– Gottseidank, naaa, es tut sich viel bei euch, bin gespannt, was du zu berichten hast.
– Was tut sich denn?
– Wird gemunkelt, daß TETA die Forderungen schon akzeptiert hat, daß die Jungs ausgeflogen werden.
– Ich weiß davon nichts.
– Hat sich die Stimmung nicht geändert?
– Woher soll ich das wissen. Wir sind hier die ganze Zeit eingesperrt, dürfen zum Essen mal raus und aufs Klo, und damit hat es sich. Ich hab mich seit vier Tagen nicht gewaschen.
– Hat es eigentlich irgendwelche Mißhandlungen gegeben?
– Nicht wirklich. Tekla hatte gestern ein haariges Erlebnis ...
– Erzähl, erzähl. Komm schon, du wirst fürs Quatschen bezahlt. Tekla ist doch die Mieze, die dir so gut gefällt.
– Sie ist eine beeindruckende Person, sonst nichts. Ich glaube kaum, daß sie draußen als attraktiv gelten würde, aber hier gibt es wenig Auswahl, und die Häftlinge haben natürlich ...
– Wenn du wieder da bist, kannst du mal eine Story schreiben über Sexualität in Gefängnissen. Mir ist aufgefallen, daß das noch ein richtiges Tabuthema ist. Dabei gibts da einiges, was man gern wissen würde, nicht wahr? Was passiert mit dem Trieb nach mehrjähriger Enthaltsamkeit? Wie verändert sich die Libido nach zwanzig Jahren? Will man noch was von einer Frau?
– Alpman, ich dachte, du wolltest etwas von mir hören.
– Natürlich, sei nicht gleich so empfindlich, nur weil du dich ein paar Tage nicht gewaschen hast. Mach weiter.

– Einer der Häftlinge tauchte auf, ganz spät, die meisten waren schon eingeschlafen, und rief Tekla, meinte, jemand sei krank geworden, und sie müsse sich den gleich ansehen. Zwei Stunden später kommt sie wieder rein, ich hatte mich schon gewundert, was das plötzlich für eine schwere Erkrankung ist. Sie wurde von Sten Rasin reingeführt, er hat bemerkt, daß ich wach bin, kam mit ihr auf mich zu, mußte sie stützen, hat sie halb getragen, und hat mir befohlen, mich um sie zu kümmern. Sie hat sich schnell gefangen; sie ist ja tough, aber was sie erlebt hat …
– Hast du jemals was von dem Gebot der Kürze im Journalismus gehört?
– Seit wann machen wir Journalismus, wir schlachten hier eine geile Geschichte aus, da wird gehobelt. Also, sie kommt rein in die Krankenstation – da schlafen inzwischen einige der Häftlinge, aber ich hab den Eindruck, die gehören nicht zu denen, die das Ganze angezettelt haben. Acht oder neun Typen sitzen auf den Betten oder stehen herum und sehen alle zur Tür, als sie reinkommt, und fangen an zu johlen. Als würden zwei Boxer einmarschieren. Tekla merkt, daß etwas nicht stimmt, daß keiner von denen flachliegt, sie schaut zu dem Häftling, der sie geholt hat, und schon hat der sie in den Raum geschubst. Mitten im Raum sitzt ein Fleischberg, der wird Monster aus Marseille genannt, der hat sich das Hemd schon aufgeknöpft. Und der andere, der sie geholt hat, den nennen sie Snoopy, nicht, daß er dem wirklichen Snoopy ähnelt, der erklärt ihr ganz ruhig, als würde er ihr eine kleine Denksportaufgabe stellen, sie müsse den Marseiller untersuchen, der habe an einem bestimmten Ort Schmerzen. Sie wisse doch, sie müsse den ganzen Körper abtasten, abklopfen und was Ärzte sonst so machen, zum Schluß die Stelle, die wehtut, untersuchen. Tekla ziert sich ein bißchen und

fängt sich sofort eine Ohrfeige ein. Da hat sie begonnen, Oberkörper, Bauch, ich hab ihn ja nicht gesehen, aber wie sie ihn beschrieben hat – widerwärtig, einfach widerwärtig – dann Oberschenkel, du kannst es dir vorstellen, und ständig wurden schleimige Sprüche gemacht, auf jeden Fall ist der Fleischberg zum Schluß ganz nackt und hat eine Erektion, und Snoopy weist sachverständig darauf hin und bittet die Frau Doktor höflich, die Untersuchung zu vollenden. Aber bei dieser delikaten Stelle mit dem Mund.
– Das können wir doch nicht bringen!
– Dann laß das raus, du mußt nicht alles bringen. Willst du die Geschichte hören oder nicht?
– Zügele dich ein bißchen, du willst nach dieser Affäre doch sicherlich bei uns weiterarbeiten.
– Was ich nicht wußte: Sie gehört einer Sekte an, für die Oralsex Sünde ist. Das mußt du dir mal reinziehen, alles bisher kriegt sie emotional in Griff, aber bei der Aufforderung, den Schwanz in den Mund zu nehmen, da bricht etwas in ihr. Sie schreit wie am Spieß. Im Gang geht ein anderer Häftling vorbei, der steckt seinen Kopf schnell rein, und als er die acht sieht, da zieht er sich wieder zurück und rennt zu Rasin, Hilfe holen. Der hat sie dann rausgeholt.
– Wie sollen wir das als Story bringen ... ich laß mir schon was einfallen.

TETA-Sitzungszimmer. Der Aufsichtsratsvorsitzende, sein Assistent

– Ich habe mir die Zahlen genauer angesehen. Ich habe sie richtiggehend studiert. Wir haben uns im Aufsichtsrat zu wenig mit Autopol beschäftigt. Zu wenig mit den Zahlen. Deshalb versuche ich euch jungen Spunden immer beizubringen, auf die Zahlen zu achten. Die Zahlen lesen zu lernen. Dort halten sich die brauchbarsten Informationen versteckt. Der Jones, Sie haben ihn in den letzten Tagen aus nächster Nähe erlebt, der beherrscht das wie kein zweiter. Man überreicht ihm eine dreiseitige Zusammenstellung von nach allen möglichen Kategorien aufgeschlüsselten Umsätzen, und er entdeckt nach drei Wimpernschlägen das faule Ei. Ich bin froh über diese Gelegenheit, Autopol genauer unter die Lupe zu nehmen.
– Ist Ihnen etwas aufgefallen?
– Ich weiß nicht, ob Sie sich daran erinnern können, Sie sind noch jung, und vielleicht haben Sie sich damals nicht für Politik interessiert. Zu Beginn, als die ersten Vorschläge bezüglich Autopol im Innenministerium erörtert wurden, kam ein Einwand auf, der sich recht beharrlich hielt. Ein Zweifel: Würden mit Autopol nicht Kapazitäten geschaffen, die niemals auszufüllen wären. Ich kann mich an ein kritisches Papier erinnern, das mit den Worten endete, sinngemäß natürlich, Autopol sei nur akzeptabel, wenn es zur Befreiung der Gesellschaft von außergewöhnlichen Bedrohungen diene. Und für diese seltenen Ausnahmen, die logischerweise gering an der Zahl sind, seien die Pläne zu überdimensioniert. Die damaligen Pläne, wohlgemerkt. Wir haben seitdem

zweimal ausgebaut, erweitert. Diese Diskussion, sie wirkt heute vorsintflutlich. Inzwischen reichen die Kapazitäten Autopols wieder nicht aus. Das zeigen die Zahlen deutlicher als vermutet. Autopol war schon immer etwas unübersichtlich.

– Sie meinen, zum Beispiel, daß die Nutzlosen nicht überregional erfaßt bzw. verwaltet werden.

– Vieles wird nicht koordiniert. Ich frage mich, wie die Versorgung der Nutzlosen überhaupt erfolgt ist, wo Angaben über ihre Zahl fehlen. Das Entscheidende ist, daß wir es nicht mehr mit seltenen Ausnahmen zu tun haben. Wenn es sich um

Hunderttausende handelt, wenn jährliche Zuwächse im Rahmen von 20 bis 30 Prozent verzeichnet werden, dann haben wir es mit einer sozialen Gruppe zu tun. Verstehen Sie, was das bedeutet.

– Ich bin mir nicht ganz sicher.

– Daß es sich nicht mehr um einzelne handelt, um schwarze

Schafe, Sonderfälle, faule Früchte, sondern um eine gesellschaftliche Schicht. Eine Schicht der Ausgesperrten, der Ausgeschlossenen. Und die Gesellschaft rechnet mit dieser Schicht, sie ist in den Bilanzen vorgesehen, soundsoviel Milliarden an TETA.

– Jeder, der ausgeschafft wird, hat sich einiges zuschulden kommen lassen.

– Darum geht es nicht. Meine Sorge ist eine ganz andere. Als Konzern sollten wir uns davor hüten, zentrale soziale Aufgaben zu übernehmen. Das ist nicht unser Terrain. Wir produzieren, wir bieten Dienstleistungen an, aber wir können nicht all diejenigen aufsaugen, für die von der großen Tafel nicht genug abfällt. Deshalb sind wir bei Autopol an unsere Grenzen geraten. Deshalb dieser Aufstand. Der Staat hat uns einen dicken schwarzen Peter untergejubelt. Die Verantwortung für diejenigen, die auf der Strecke bleiben. Wenn wir diese Aufgabenverteilung nicht überdenken, uns bald von ihr distanzieren, dann werden wir eines Tages die Leidtragenden sein. Der Konzern als Sündenbock, als Feind. Wir erzielen nicht einmal Rendite mit dieser Chose, seit drei Jahren schon nicht mehr. Aber das wissen Sie ja.

Der Journalist, Sten Rasin

– So etwas nennt man normalerweise Exklusivinterview. Wenn ich das jetzt meiner Zeitung anbieten könnte …
– Nein.
– Nur hypothetisch, wenn die das drucken würden, es würde auf alle Titelseiten dieser Welt kommen, und dann würde es in allen Agenturberichten und Fernsehsendungen zitiert werden. Ich fühl mich wie Tantalos. Die Geschichte des Jahrzehnts an der Hand, und ich darfs nicht weitersagen. Muß es für mich behalten.
– Jammern Sie nicht so, Sie können doch danach ein Buch schreiben und groß absahnen.
– Schwacher Trost.
– Aber wehe, Sie stellen mich negativ dar, dann sorge ich persönlich dafür, daß die Öffentlichkeit alles über Ihre aktive Beteiligung an diesem Geiseldrama erfährt. Nein, nein, keine Angst, war nur ein Scherz. In Wirklichkeit würde ich Ihnen alle Knochen brechen.
– Ich bin froh, wenn ich hier lebendig herauskomme.
– Lassen Sie uns wieder vernünftig reden. Glauben Sie, daß TETA zuläßt, daß ich einen Fernsehauftritt kriege?
– Nein.
– Wieso nicht?
– Weil das ein schlechtes Beispiel für eventuelle Nachahmer schaffen würde. Fernsehzeit ist Macht, wehe, die Menschen kommen öfters auf die Idee, sich gewaltsam Zugang zu diesem Machtinstrument zu verschaffen. Und weil in den letzten Jahren die Taktik von TETA hinsichtlich Autopol eine Taktik des Verschweigens war, des öffentlichen Vergessens.

Sie haben sich soviel Mühe damit gegeben, sie werden das alles nicht gerne mit einem Schlag zerstören. Die Medienaufmerksamkeit ist schon schlimm genug, aber sie richtet sich bislang auf die Geiselnahme. Nehme ich mal an, oder? Mit dem Alltag von Autopol dürfte sich weiterhin kaum jemand beschäftigen.
– Sehen Sie denn eine andere Möglichkeit, unser Anliegen einer größeren Öffentlichkeit vorzutragen.
– Nein.
– Was ist mit NEWS. Haben die nicht auch einen Fernsehkanal?
– Keinen eigenen Kanal, aber eigene Sendungen, Magazine, mehrfach täglich.
– Wie wärs, wenn wir so einem Magazin ein »Exklusivinterview« anbieten? Vielleicht werden Sie doch noch richtig berühmt.

20

---DONNERSTAG NACHMITTAG---DONNERST

Sten Rasin – Reggie Debis

– Noch eine letzte Sache, Debis.
– Lassen Sie hören.
– Wir bräuchten ein paar Taschenlampen.
– Taschenlampen? Wozu denn das?
– Das kann ich Ihnen leider nicht verraten. Aber es ist harmlos, niemand wird zu Schaden kommen.
– Ich werde es weiterleiten.
– Dann wünsche ich Ihnen weiterhin alles Gute.
– Danke Rasin. Ich wollte Ihnen noch sagen, geben Sie im Zweifelsfall lieber auf. Sie sind kein Mörder, werden Sie es nicht.
– Adieu Debis.
– Ciao ciao.

Der Journalist

– Ich muß dir was sagen. Sie haben rausgefunden, daß ich Journalist bin. Das war nicht zu vermeiden; sie sehen Fernsehen und Internet und haben irgendwann mal zwei und zwei zusammengezählt.
– Die sollen ja nicht auf die Idee kommen, uns zu erpressen. Das bringt nichts.
– Die wollen niemanden erpressen, halt doch einmal die Klappe, die wollen sogar reden. Hab mich vorhin mit dem Rasin unterhalten. Der hat einiges zu sagen, nur will er nicht, daß wir das Interview bringen, bevor die Sache hier nicht ausgestanden ist. Ich habe natürlich alles notiert. Folgender Vorschlag. Ich les dir das Material gleich vor. Macht den Artikel schon mal fertig, Porträt des Geiselnehmerchefs und exklusives Interview usw., und tu ihn rein am Tag nach der Freilassung …
– Das klingt aber optimistisch.
– An dem Tag, an dem alles vorbei ist.
– Hast du eigentlich gar keine Angst?
– Nur dann, wenn ich nicht an die Arbeit denke.

---FREITAG VORMITTAG---FREITAG VORM

Snoopy, Walden

– Wie sind Sie gekleidet, Soldat?
– Was, was?
– Achten Sie gar nicht mehr auf Ihr Äußeres, Soldat?
...
– In den Gefängnissen, Soldat, da herrschte noch Kleidungsdisziplin, das konnte unsereinem gut gefallen. Aber hier haben Sie sich gehenlassen, vollkommen gehenlassen.
– Ich verstehe nicht.
– Unterbricht man einen Vorgesetzten, Soldat?
– Nein!
– Früher waren die Bügelfalten messerscharf. Klar? Messerscharf! Der Appell war eine Freude für das Auge. Der Sauhaufen der Häftlinge und neben ihnen die Perfektion der Wächter. Die Mütze saß perfekt, der Gürtel saß perfekt, und die Bügelfalten der Ärmel waren auch ... Soldat, wie waren die Bügelfalten der Ärmel.
– Messerscharf!
– Gut, Soldat. Und was ist jetzt mit Ihnen los? Sie glauben wohl, Sie können hier in Autopol auf Disziplin verzichten? Reißen Sie sich zusammen.
– Jawohl!
– Und denken Sie daran: messerscharf!

20

Sten Rasin

Perlen vor die Säue. Es ist nicht zu fassen. Doch irgendwie habe ich es geahnt. Und Schwänchen hat mich mehrmals gewarnt. Mit Gewalt kann man alles wegnehmen, man kann aber niemandem mit Gewalt etwas geben. Die Freiheit zum Beispiel. Schon gar nicht solchen Dummköpfen. Gehirnamputierte. Sie haben mich einfach niedergeschrien. Snoopy hat sie aufgewiegelt. Ich muß jetzt einfach ein bißchen rumlaufen. Snoopy hat wie ein Demagoge Stimmung gegen mich gemacht. So nach dem Motto: Jetzt haben wir alles, was wir wollten, von TETA bekommen, und wir sollen es nicht nehmen. Es geht ihm nur um seine Eitelkeit, er denkt gar nicht an uns. Wo soll man in dieser Scheiß Ruhestelle hin. Es ist nicht zu fassen. Und das, nachdem ich ihnen eine alternative Fluchtmöglichkeit angeboten habe, eine sicherere. Snoopy hat sie so mißtrauisch mir gegenüber gemacht, daß alles, was ich sagte, nutzlos war.
Dann trennen sich halt unsere Wege. Es ist nur schade um die Naiven, die morgen in der Früh in den Transporter steigen werden. Der Verstand hat nicht viele Freunde. Abgesehen von Schwänchen, Zirkel und Klept werden noch vier andere mit uns kommen. Arsenia, dieser infantile Depp, hat sich auf die Seite der anderen geschlagen. Nach all dem Scheiß, den er gemacht hat, ohne von uns eine in die Fresse zu kriegen. Hab drauf gewartet, daß Zirkel es ihm nachmacht.
...
Herr Rasin! Muß eine Geisel sein, die ruft. Von wo? Sind die nicht alle … doch, einige sind ja in diesem Teil eingeschlossen.

Sten Rasin, Harm, Martu

– Entschuldigen Sie, Herr Rasin, darf ich Sie kurz sprechen?
– Ich hasse es, Herr genannt zu werden.
– Entschuldigen Sie, Sten Rasin. Nur, wir haben gedacht, wir könnten Sie fragen, ob wir erfahren dürften, wie es nun steht, also, wie weit sind die Verhandlungen?
– Die Verhandlungen?
– Ja, die Verhandlungen.
– Ich habe damit nichts mehr zu tun. Ihr müßt euch an den häßlichen Kleinen namens Snoopy wenden oder an den häßlichen Dicken namens Monster aus Marseille. Du da in der Ecke, du kennst ihn doch bestens. Ist doch ein Freund von dir.
– Gibt es keine Entwicklungen? Wissen Sie, die Leute hier leiden schrecklich.
– Wie schön für euch. Dann haben wir doch etwas erreicht. Euch wenigstens das Leiden nähergebracht. Leidet es sich gut, Martu?
– Beschissen, Rasin.
– So, beschissen? Ich sag dir, was beschissen ist. Egal, was mit dir passiert, du wirst nie die Schmerzen durchmachen, die du anderen zugefügt hast. Das ist oberbeschissen. Du wirst hier rauskommen und nach einigen Tagen Extraurlaub, die Euch TETA sicherlich großzügig gewährt, wieder Leute quälen.
– Ja, Rasin, und du wirst wieder einer von ihnen sein.

Der Journalist notiert

Sten Rasin muß ausgeflippt sein, zum ersten Mal seit Anfang der Geiselnahme. Ob er einfach erschöpft war? Oder ob er provoziert wurde? Harm meint, er sei schon geladen in den Raum gekommen. Martus Bemerkung sei harmlos gewesen. Er habe den sitzenden Martu hochgezogen und habe begonnen, hemmungslos auf ihn einzuschlagen. Auf den Kopf, mit Fäusten, und auf den Oberkörper. Martu war so überrascht, er hat sich nur instinktiv mit den Armen zu schützen versucht. Ohne einen Ton von sich zu geben. Rasin

hat ihn blutig geschlagen, Platzwunden, wo man hinschaut. Die Augen geschwollen, ein paar Zähne verloren. Tekla befürchtet, daß einige Rippen angeknackst sind. Ich habe Harm gefragt, ob er denn eingegriffen habe. Da hat der alte Schlaumeier gemeint, das wäre kontraproduktiv gewesen. Diesen Begriff hat er wirklich benutzt, denn, man achte auf die Begründung, das hätte den Mann noch mehr gereizt, und er hätte das Leben von Martu in Gefahr gebracht. Rasin hat sich leergeschlagen, dann wars vorbei. Er habe ihn danach noch zur Rechenschaft gezogen, meint Harm, aber es fällt mir schwer, das zu glauben.

20

Sten Rasin, Harm

– Sie sind auch nur ein Ungeheuer, Rasin, ein schreckliches Ungeheuer.
– Bin ich das?
– Ja, wie alle anderen auch.
– Wenn ich ein Ungeheuer bin, Harm, dann sind Leute wie du daran schuld.
– Ja, ich soll wieder an allem schuld sein.
– Leute wie du, die einem vorgaukeln, es könne in dieser ganzen Scheiße Menschlichkeit geben, ein bißchen Menschlichkeit.
– Man kann danach streben.
– Nichts kann man. In deiner Maskerade als Heiliger, als richtig guter Mensch, verbreitest du die allerschlimmsten Lügen. Ein bißchen Menschlichkeit ist wie ein bißchen schwanger. Diese Scheiße muß aufhören, und du verhinderst diese Erkenntnis. Du bist genauso schlimm wie die, die Autopol gemacht haben.
– Und das gibt dir das Recht, einen Menschen zusammenzuschlagen.
– Nein, genauso wenig wie er das Recht hatte, mich zu schlagen.
– Geht es nur darum? Wer wen zuerst schlägt?
– Du hast nichts kapiert. Es läuft darauf hinaus, daß Händchenhalten in der Hölle nichts bringt.
– Was bringt denn was, kannst du mir das mal sagen, ha?
– Die Abschaffung der Hölle.

Teil 3

NEWS-TV LIVE

Guten Morgen. Ich melde mich hier von der Ruhestelle Ost 3, wo sich seit Montag nacht 15 Geiseln in der Hand von Schwerverbrechern befinden. Nach tagelangem Ringen ist Bewegung in das Drama gekommen, das Europa seit Tagen in Atem hält. Wie es scheint, haben TETA und die Behörden den Hauptforderungen der Geiselnehmer nachgegeben, das heißt: die Autopol-Häftlinge ausfliegen zu lassen. Man hat vereinbart, daß die Geiseln am Flughafen freigelassen werden. Als diese Information durchgesickert ist, haben viele der hier seit Tagen wartenden Journalisten in ersten Reaktionen von einer sensationellen Wendung des Geschehens gesprochen. Die meisten Beobachter hielten es bis zuletzt kaum für möglich, daß den Häftlingen nachgegeben wird. Mit dem Abschuß eines Hubschraubers am Dienstag haben die Gangster gezeigt, wozu sie fähig sind: Zwei Tote und ein schwerverletzter Journalist waren das Resultat dieser brutalen Tat. Diese Opfer schienen den Gegnern eines Kompromisses recht zu geben. In den Tagen danach hat sich die Situation jedoch verändert. TETA redete mit dem Anführer der Häftlinge, Sten Rasin. In diesen Gesprächen hat er sich dann als jemand erwiesen, der Wort hält. Unser schwerverletzter Kollege konnte herausgeholt und in ein Krankenhaus gebracht werden, wo er gottseidank auf dem Weg der Besserung ist. Im Gegenzug haben die Geiselnehmer Geld und neue Kleider erhalten, und auch die Strom- und Wasserzufuhr wurde nicht unterbrochen. Weiteren Forderungen, etwa Autopol ganz zu schließen oder allen beteiligten Häftlingen Straferlaß zu gewähren, wurde nach unserem Informationsstand nicht entsprochen.

Wie die letzten Ereignisse zeigen, hat TETA ihre Strategie der

Verzögerung nicht länger durchhalten können. Vieles deutete darauf hin, daß die Geiselnehmer ihre Androhung, die Gefangenen zu erschießen, in Kürze wahrmachen wollten. So mußte wohl von der theoretisch sicherlich bereits durchgespielten Variante einer gewaltsamen Befreiung der Geiseln Abstand genommen werden.

Ob die Geiselnehmer die Früchte ihres Terrors ernten und freikommen, wird sich in den kommenden Stunden zeigen. Die Häftlinge werden bald zusammen mit den Geiseln den Isolations-Transporter besteigen, der an einer der Schleusen dieser Ruhestelle angedockt ist. Selbstverständlich wird NEWS-TV über den weiteren Verlauf live berichten. Mehrere Teams stehen dazu bereit. Im Moment befinden wir uns in einer zu einem Pressezentrum umgebauten Baracke auf Ost 3, circa einen Kilometer von dem Hauptgebäude der Ruhestelle entfernt. Mit uns verfolgen etwa vierzig regionale und überregionale Fernseh- und Radiostationen das Geschehen. Etwa 300 Kollegen von der schreibenden Zunft kommen noch hinzu …

20

Sten Rasin

Mitten in der Nacht brechen wir auf. Freitag nacht. Durch die Lagerräume, bis zu ihrem Ende und durch einen Notausgang. Zum äußersten Ende der Ruhestelle. Jetzt müssen wir über das offene Feld, das dürfte der gefährlichste Teil sein. Wir kriechen. Der Mensch, der sich selbst Nutzloser nennt, vorneweg, ich hinter ihm; dann die anderen. Wir sind ein ziemliches Stück gekrochen, da hören wir das Rattern eines Hubschraubers. Wir erstarren. Das Rattern kommt näher. Sag weiter, keine Bewegung, flüstere ich Schwänchen zu. Das Weitersagen läuft hinter mir aus. Der Helikopter kommt direkt auf uns zu. Die Kabine ist beleuchtet, er fliegt etwa fünfzig Meter über der Erde. Und direkt auf uns zu. Ich kann die Passagiere erkennen. Ich erkenne ein Gesicht. Auf dem Flug zu einem weiteren Abschied. Vielleicht aus Nostalgie, um mich einmal leibhaftig zu sehen? Oder um meine Niederlage zu erleben? Reggie Debis. Er sitzt vorne und redet gerade aufgeregt auf einen Uniformierten neben sich ein. Er blickt nach unten. Ich sehe ihm in die Augen, er stockt. Ich habe das Gefühl, wir hätten uns gesehen, aber er kann mich nicht entdeckt haben aus der hellen Kabine in die pechschwarze Nacht hinaus. Er kann nichts gesehen haben, aber er hat seinen Redefluß unterbrochen. Wie zum Abschied. Minuten später. Wir sind in der Tunnelwelt eines stillgelegten Bergwerks. Der Nutzlose führt uns. Sicher, ohne innezuhalten, zu überlegen, seine Schritte zu verlangsamen. Er weiß, wo er langgeht. Ich folge ihm. Vertraue ihm blind. Denke über nichts nach. Nichts zu sehen, nichts zu denken.

… die übliche Besatzung eines solchen Transporters besteht, wie wir gehört haben, aus einem Piloten, einem Pilotassistenten und einem Sicherheitsbegleiter. Unter den Geiseln ist auch ein Pilot, es ist der Herr … na, der Herr … Walden. Ein längjähriger Mitarbeiter von TETA. Mein Kollege Alex Teneken hat seine Frau aufgesucht, ich denke, wir spielen jetzt das Interview ein.

– Frau Walden, wie haben Sie die letzten Tage verbracht?
– Meine Kinder und ich haben versucht, unser Leben so weit wie möglich normal zu führen. Er ist ja nicht tot, sagen wir uns immer wieder. Meine Tochter und mein Sohn sind morgens in die Schule gegangen. Abends haben wir uns unterhalten, Fernsehen geschaut, auch mal Karten gespielt. Seit vorgestern habe ich aber keine Nachrichten mehr gesehen. Ich warte nur noch. Es dauert so lange …
– Das Warten auf die erlösende Nachricht, nicht wahr?
– Ja, ja, das kann wohl niemand verstehen, der nicht in einer ähnlichen Situation war.
– Wie haben Sie überhaupt erfahren, daß Ihr Mann eine der Geiseln ist?
– Aus dem Fernsehen. Ich habe es selbst gar nicht gesehen, meine Schwester hat mich angerufen. Erst habe ich nicht geglaubt, daß mein Mann unter den Gefangenen ist. In Autopol arbeitet er als Pilot, und dabei ist er viel unterwegs. Reiner Zufall, daß er ausgerechnet an diesem Montag in der Ruhestelle OST 3 war. Irgend jemand von TETA hat sich dann bei mir gemeldet, telefonisch, und hat es mir mitgeteilt.
– Wie lange arbeitet Ihr Mann schon bei TETA?

– Seit etwas mehr als sieben Jahren. Er hat geglaubt, das sei ein sicherer und guter Arbeitsplatz.
– Frau Walden, wie fühlen Sie sich jetzt?
– Was soll ich sagen, es wird alles gut, wenn mein Mann nur heil aus dieser Sache rauskommt. Ich hoffe. Ohne diese Hoffnung, ich weiß nicht, wie ich die vergangenen Tage sonst überstanden hätte.
– Herzlichen Dank, Frau Walden.

… An der Ruhestelle tut sich etwas. Wir können nicht viel erkennen, die Schleusen sind aus getöntem Plexiglas, aber wie Sie selber sehen können, gehen jetzt Gestalten durch die Schleuse zum Transporter. Das wird etwas dauern, warum, das erklärt am besten mein Co-Kommentator, der Pressesprecher von TETA.
– Aus Sicherheitsgründen kann immer nur eine Person die Schleuse passieren. Bei ungefähr neunzig Personen, die in den Transporter einsteigen müssen, einige weitere erwarten

wir in der Pilotenkabine, dauert das sicherlich alles in allem knapp eine halbe Stunde.
– Aber wir können leider nicht erkennen, wie viele Menschen einsteigen, ob alle Geiseln dabei sind, ob vielleicht jemand zurückbleibt?
– Nein, leider nicht. Aber Spezialeinheiten werden gleich nach Abfahrt des Transporters die Ruhestelle bis in den kleinsten Winkel durchsuchen.
– Das ist eine reine Vorsichtsmaßnahme, nehme ich an …

Der Journalist notiert

Ich schlief einige Stunden hellen, unruhigen Schlafes in der Kluft von Sten Rasin. Er hatte sich verabschiedet, mit endgültiger Geste. Er hatte sich wieder unter Kontrolle. Seine Ansprache an die Nation hatten wir uns noch zusammen angesehen. Es hatte geklappt. Im NEWS-Magazin zur besten Sendezeit. Neun Uhr abends. Die hohen Herren waren wohl zu der Überzeugung gekommen, daß ihnen nicht viel passieren könnte. Es war eine wunderbare Rede; eine Rede, die Schüler im Unterricht durchnehmen sollten. Wenn ich rauskomme, muß ich mich unbedingt nach den Einschaltquoten erkundigen. Ich bin gespannt, ob er es schafft. Ich drücke ihm die Daumen. Er bat mich um mein ganzes Geld. Ich gab ihm die paar Scheine, die ich hatte, und eine Telefonkarte. Das andere, das Plastikgeld, das nützte ihm nichts, da kann jede Verwendung zurückverfolgt werden. Zum Untertauchen nicht geeignet. Er sah mich an, lächelte und meinte: Mißversteh es nicht. Ich muß dich bitten, dich ganz auszuziehen. Als ich nackt war und er wie ein unauffälliger Bürger aussah, dankte er mir und schüttelte mir die Hand. Ich habe das schon richtig verstanden. Schließlich habe ich ihn davor gewarnt, die von TETA gelieferte Kleidung anzuziehen. Ich vermute, daß es bald losgeht. Schade, daß ich nicht mit Sten Rasin mitgehen kann.

NEWS-TV LIVE

… und ich möchte noch einmal wiederholen, für die vielen Zuschauer, die erst jetzt zuschalten, es ist ja noch sehr früh am Morgen, und es werden nicht alle ihre Wecker gestellt haben, der Transporter ist unterwegs. Es ist der Transporter, in dem die Häftlinge vor ihrem Aufstand untergebracht waren, er kriecht jetzt von OST 3 weg, hat etwa zehn Kilometer hinter sich gebracht, und wir schätzen, daß er in gut zwei Stunden den Flughafen erreichen wird. Wie schon gesagt, es sind alle 79 Kriminellen und die 15 Geiseln an Bord. Wir sehen auf der einen Kamera, das ist das Inlet auf Ihrem Bildschirm, die Kabine des Transporters, und dort, wie wir sehen, sitzen die zwei Piloten an ihren Plätzen und hinter ihnen zwei Häftlinge. Es ist sehr schwierig, die Häftlinge zu identifizieren, denn sie tragen Perücken, neue Kleidung, und sie halten sich im Hintergrund. Ja, wir befinden uns jetzt auf dem Weg zum Flughafen. Eine halbe Stunde dauert nun schon die Horrorfahrt, die mit uns Millionen von Fernsehzuschauern atemlos verfolgen. Eine Horrorfahrt, von der wir nur den äußeren Anschein sehen können. Doch wie geht es wohl den Geiseln, was müssen sie ertragen, was haben sie aushalten müssen? Man spürt auch bei uns vor Ort hier richtig die Anspannung. Wir fahren etwa einen halben Kilometer hinter dem Transporter her. Es tut sich im Moment nichts, so daß wir die Möglichkeit haben, ein paar Minuten ins Studio zurückzuschalten, wo mein Kollege Ron Master einen interessanten Interview-Partner an seiner Seite hat.

…

– Gast in unserem News-Spezial aus Anlaß des Geiseldramas ist der Autor Jan Lup. Der Schriftsteller hat über seine Erlebnisse als Krimineller und Häftling mehrere Bücher geschrie-

ben, die sich in einer Millionenauflage verkauft haben. Herr Lup, in fast jedem Ihrer Kriminalromane kommt ein Ausbruch vor, oder zumindest ein versuchter Ausbruch. Als Literaturkritiker würde man das wohl ein Leitmotiv nennen. Das geht auf autobiographische Erlebnisse zurück, nehme ich an. Sie selbst, habe ich nachgelesen, haben es zweimal versucht.
– Nein, nur einmal, zu meinem großen Glück. Sonst säße ich vielleicht heute nicht hier bei Ihnen in diesem gemütlichen und gänzlich ungefährlichen Studio …
– Sagen Sie das nicht, Herr Lup, erst vorhin hat sich einer der Kameramänner die Hand verbrannt …
– … ich säße selber als ISO-Häftling in Autopol, wer weiß, vielleicht sogar in diesem Transporter. Mir ist es wie den meisten ergangen, denen eine Flucht gelang. Die Polizei hat mich nach zwei Tagen wieder geschnappt. Rauszukommen ist ja nur die halbe Miete. Man braucht draußen ein Versteck, jemanden, der einem hilft. Und ich hatte niemanden.
– Wie ist Ihnen die Flucht überhaupt geglückt?
– Ich muß zuerst sagen, es ist schon einige Jahre her, und ich bin aus einem Gefängnis geflohen, dessen Sicherheitsstandards mit denen von Autopol überhaupt nicht zu vergleichen sind. Ich habe damals einen Nervenzusammenbruch simuliert. Wissen Sie, bevor ich reinkam, hatte ich einige Semester Medizin studiert, und gerade die psychosomatischen Phänomene haben mich immer besonders interessiert. Wir hatten ja im Knast eine Bibliothek, da konnte man Bücher bestellen. Es war ein Kräftemessen mit meinem Psychiater. Mein großer Vorteil war, daß es meistens die Nieten der Profession sind, die in den Gefängnissen arbeiten.
– Herr Lup, wir wollen doch nicht alle über einen Kamm scheren, ich meine …
– Lauter Flaschen, wer was drauf hat, der geht doch nicht den

Abschaum heilen, da gibts kaum Geld und keine Anerkennung.

– Und ihre Flucht?

– Eines Tages hat mich mein Psychiater wegen der Schwere meines Falles in eine Spezialklinik überstellen lassen, und da bin ich in einem unbewachten Moment einfach aus dem Fenster gesprungen. Aus dem ersten Stock.

– Welchen Preis haben Sie dafür bezahlt?

– Zu meinen sechs Jahren wegen der Drogengeschichten kamen dann nochmal dreieinhalb Jahre hinzu.

– Haben Sie später wieder an Flucht gedacht?

– Jeden Tag. Das Gefängnis ist ein Ort der Verdammnis. Und das Schlimme ist, kein endgültiger Ort. Nicht die unentrinnbare Hölle. Jeden Tag sieht man durch Schlitze und über Mauern hinweg das andere Leben. Jeden Tag zählt man die Tage und hofft, daß man es überlebt, daß man nicht gebrochen wird.

– Also, das heißt, Gefangene werden immer an Flucht denken?

– Das verstehen die Menschen draußen nicht, daß man nur eine begrenzte Anzahl von Jahren unbeschadet überstehen kann. Ich habe viel Glück gehabt, habe meine Jahre einigermaßen intakt hinter mich gebracht, aber ich bin eine Ausnahme. Ich will Ihnen mal etwas sagen, die meisten sind nach fünf Jahren zur ewigen Verdammnis verurteilt. Für sie gibt es kein Zurück.

– Die kann man also gleich nach Autopol schaffen?

– Nein, was ich sagen wollte, ist, daß die Diskussion, ob sechs oder acht oder zehn Jahre die angemessene Strafe ist, lächerlich ist.

– Wir haben es hier mit einem Aufstand der Verdammten zu tun?

– Das weiß ich nicht. Es gibt immer wieder außergewöhnliche Menschen. Wenn man zum Beispiel an Revolutionäre denkt, die zehn, fünfzehn, zwanzig Jahre Haft überlebt haben und als starke, beeindruckende Persönlichkeiten nach ihrer Befreiung noch eine gesellschaftliche Rolle gespielt haben. Wir müßten uns die Menschen, die jetzt in diesem Iso-Transporter sind, einzeln betrachten. Die meisten Journalisten haben ja nur die Verlautbarungen von TETA nachgebetet. Ich bin mir nicht sicher, was die Motive und Ziele dieser Revolte betrifft. Sten Rasin etwa, diese Ansprache gestern abend, das war doch die Äußerung eines Menschen, der …
– Zurück zum Transporter, Herr Lup. Das interessiert unsere Zuschauer sicher am meisten, ich meine, Sie können sich das ja vorstellen, was da abgeht, unter den Häftlingen meine ich.
– Es gibt nicht »den« Häftling. Sie finden Killer und Dummköpfe, Versager und Lügner, Zuhälter und Revoluzzer, Unschuldige und Verrückte. Was Sie wollen. Das Gefängnis ist eine gewalttätige Welt mit eigenen Gesetzen. Die Machtverhältnisse unter den Gefangenen spiegeln gesellschaftliche Strukturen wider. Es gibt Männer, die befehlen, die Tribute fordern, es gibt Banden, es gibt ein eigenes System von Gerechtigkeit und Rache. Und es gibt natürlich Entmachtungen. Das kann ganz schnell passieren. Ein Mann wie Sten Rasin kann plötzlich ein Messer im Rücken haben.
– Was denken Sie: Haben die Geiselnehmer eine Chance?
– Ich habe meine Zweifel. Ich weiß natürlich nicht, wo sich die Spezialeinheiten zur Terrorismusbekämpfung aufhalten und was sie vorhaben, aber es würde mich doch sehr wundern, wenn die sich vornehm zurückhalten …

Der Nutzlose

Der Nutzlose ist froh, seinen neuen Freunden den Bau zeigen zu können. Die Schächte nicht mehr allein zu durchwandern. Die Schächte sind wieder voller Leben, so wie früher. Mit Licht. Der Nutzlose hat sich gewöhnt an die Dunkelheit. Die Dunkelheit, die ihm die Stollen übereignet. Sein Reich. Das Reich des Nutzlosen. Wo er Gäste empfangen kann. Er schwatzt. Der Nutzlose spricht in dieser Stunde mehr als im ganzen vergangenen Jahr und dem Jahr davor. Er spricht von dem verlorenen Paradies. Seinem Kumpelparadies. Von der Arbeit im Stollen. Er achtet nicht darauf, ob sie ihm zuhören. Er nimmt es an. Ihr Schweigen gebiert seine Redseligkeit. Seine Seligkeit. Und er wird sie überraschen. Sie werden staunen. Das wird sein Abschiedsgeschenk. Er weiß nicht, wie viele sie sind. Er weiß, der große Mann geht hinter ihm, er kennt ihn schon am Geruch, der Geruch des großen Mannes. Es ist ein sympathischer Geruch. Bring uns nach oben, hat der Mann gesagt, so weit entfernt von der Ruhestelle wie möglich. Der Nutzlose wischt sich den Schweiß ab. Er ist Hast nicht mehr gewohnt. Aber er begreift, die Männer haben es eilig. Er versteht nicht, wohin sie wollen, wieso sie nicht die riesige Maschine nahmen, die vor der Tür stand. Vielleicht wollen sie ihm einen Gefallen tun, seine neuen Freunde. Und er wird ihnen seinerseits ein Geschenk machen, ein Abschiedsgeschenk. Ein besonderes.

NEWS-TV LIVE

… Herr Karol Canaan ist stellvertretender Leiter der Abteilung Logistik bei TETA, zuständig für Autopol. Vielen Dank, daß Sie sich bereitgefunden haben, uns einige Hintergrundinformationen zu geben. Zuerst vielleicht eine Kommentierung der Bilder, die unsere Zuschauer sehen?
– Ja, wir sehen den Iso-Transporter E2000, ein älteres Modell, von denen sind auf Autopol noch 20 Stück im Einsatz. Nicht, daß Sie glauben, es hätte irgendwelche technischen Unzulänglichkeiten. Nein, die neue Generation ist nur noch etwas effizienter, spart Energie, nur so als Beispiel, bei der vorgeschriebenen Durchschnittsgeschwindigkeit halten die Batterien der neuen Transporter etwas mehr als vier Stunden länger. Es gibt natürlich eine Reihe technischer …
– Geschwindigkeit, das ist ein interessantes Stichwort. In unserer rasanten Zeit werden sich die Leute sicherlich fragen, wieso wird da in Autopol so gekrochen, 20 Stundenkilometer im Moment, und wenn ich recht informiert bin, ist das die übliche …
– Ja, genau, die Richtgeschwindigkeit beträgt 20 Kilometer in der Stunde. Denn es ist keine Eile geboten, und trotz der technischen Entwicklung gilt immer noch eine Maxime aus der Urzeit des Automobilverkehrs: Je langsamer, desto sicherer.
– Wo sind eigentlich die anderen Transporter?
– Wir haben diese Teilstrecke natürlich sperren müssen, das war sehr aufwendig, aber die Sicherheit geht selbstverständlich vor.
– Es sind ja mehrere Piloten unter den Geiseln, also gehen wir davon aus, daß die den Geiseltransporter fahren, aber meine Frage, Herr Canaan, wie schwierig ist es, so ein Un-

getüm zu steuern. Ist das so einfach mit einem Führerschein Klasse 1 zu bewältigen?
– Nein, nein, ich bitte Sie, das sind hochdiffizile Maschinen, die natürlich Ähnlichkeiten mit üblichen Fahrzeugen haben, wie etwa den Autopiloten, aber sie sind mit einer Vielzahl von Instrumenten mit besonderer Funktionsweise ausgestattet. Die Kabine, sie haben vielleicht Bilder gesehen, die Kabine ähnelt eher einem Flugzeugcockpit.

– Wunderbar, unsere Technik blendet gerade ein Archivbild ein, ja, tatsächlich, das sind eher Cockpits, und deswegen, nehme ich an, nennen sie die Fahrer auch Piloten.
– Auch wegen der Verantwortung, die sie tragen. Das sind sehr gut ausgebildete und verantwortungsbewußte Spezialisten.
– Danke, vielen Dank. Soviel im Moment von mir. Hat es während unseres Gespräches eine neue Entwicklung gegeben?

20

Sten Rasin

Wir laufen schon seit einigen Stunden. Der Tunnel endet. Ich sehe nichts. Nur spüre ich, daß der Nutzlose vor mir stehengeblieben ist. Wir tauchen auf, sagt er. Auftauchen bedeutet hochsteigen. Ohne Licht, das müssen wir ausknipsen. Die Hände und Füße in Einbuchtungen hineindrücken, uns abstützen, wegdrücken, nach oben greifen – weiterklettern. Der Kamin nimmt kein Ende. Nicht daran denken, wie weit es runter geht. Gut, daß wir nichts sehen. Nach einer Ewigkeit erreichen wir die Erdoberfläche. Es ist noch dunkel, aber man kann schon spüren, daß sich der Tag anbahnt. Wir sind mitten in einer Mondlandschaft. Schon aus Autopol raus, frage ich. Unser Führer antwortet nicht. Wir gehen eine Stunde, eine Stunde, in der die Nacht und die Sonne einander passieren. Wir schauen uns ständig um, glauben, aus dem Nichts ein Rattern oder Dröhnen zu hören, atmen Angst ein, Gefahr aus. Schließlich ist es so hell, daß wir den Förderturm von weitem sehen. Der Nutzlose zeigt darauf, von einer schwarzen Düne aus, und grinst zufrieden. Eine Viertelstunde später sind wir wieder unter Tage. In einem Raum, dessen Decke zur Hälfte eingestürzt ist. In der anderen Hälfte stehen Pritschen, gelbes Gummi als Matratzen. Wir legen uns zum Schlafen hin. Der Nutzlose, so nennt er sich, so muß man ihn nennen, darauf beharrt er, der Nutzlose geht wieder nach oben. Auf Wache.

Wir werden geweckt. Große Sonne, sagt der Nutzlose. Es geht durch neue Schächte, an Schienen entlang. Und er verändert sich. Er spuckt ein paar Sätze, dann noch ein paar, und dann plappert er los, als habe er unendlich viel aufzuholen. Er plappert und plappert, bis wir wieder Sonnenlicht sehen. Dann plappern andere.

NEWS-TV LIVE

... seit etwa 60 Minuten befindet sich der Iso-Transporter mit den Geiseln und Häftlingen an Bord auf der Fahrt zum Airport. Dort wollen die Aufständischen ein Flugzeug besteigen, das sie in ein Land ihrer Wahl bringen soll. In ein Land ihrer Wahl: Gibt es überhaupt einen Staat, der 79 Schwerverbrecher aufnimmt, und wenn ja, welchen? Darüber ist in den vergangenen Tagen viel spekuliert worden. Guinea wurde genannt, aber auch Tadschikistan, der Sudan und Kuba. Angeblich hat die Regierung diplomatische Vertreter in diese Staaten geschickt, um mit den dortigen Behörden über eine mögliche Aufnahme zu verhandeln. Ob diese Gespräche zu irgendwelchen Ergebnissen geführt haben, wissen wir zum jetzigen Zeitpunkt nicht. TETA und die Behörden haben sich auf eine Strategie des Sich-in-Schweigen-Hüllens geeinigt. Wir Journalisten müssen mit dieser Informationssperre leben. So sind zwangsläufig abenteuerliche Spekulationen ins Kraut geschossen. Ein Nachrichtenmagazin zum Beispiel will in Erfahrung gebracht haben, daß der Sudan für zwei Millionen Euro pro Geiselgangster bereit ist, seine Grenzen zu öffnen. Wie gesagt, das sind Spekulationen. Gerätselt wurde in den vergangenen Tagen auch immer wieder über die Vorstellungen, die sich die Geiselnehmer von den Ausreise-Staaten machen. Seit Jahren sind die Schwerverbrecher in Autopol von jeder öffentlichen Information abgeschnitten. Was wissen sie überhaupt noch von der Welt? Welche Erwartungen haben sie? Und wie werden sie reagieren, wenn sie enttäuscht werden ...

20

Sten Rasin

Es ist Morgen, ein sonniger Morgen. Wir kriechen wieder aus den Stollen. Um uns herum Maschinen, Gleise, Baracken, Häuser, Türme. Alles sieht gut erhalten aus. Aber nicht wie in Benutzung. Wir irren umher. Wer war schon einmal in einem Bergwerk? Hinter vielen Gebäuden lauert ein Zaun. Schwänchen kommt angelaufen.
– Wir sind in einem Museum. Vorne ist ein Häuschen, da ist ein Schild: Freilichtmuseum.
– Ist der Ausgang verschlossen?
– Weiß ich nicht, das Gitter ist nur etwa einen Meter hoch.
– Dann laß uns hier abhauen.
Die Straße, die von dem Parkplatz wegführt, die einzige Straße, laufen wir hinab. Sie bringt uns, ohne vorherige Abzweigung, ohne einen Schlenker, direkt zu einem Vergnügungspark. Noch geschlossen. Wir sehen die Räder, die Schaukelschiffe und die Schleuderarme, und das andere stellen wir uns vor: Schießstände … Wir sind im Moment viel zu sichtbar. Doch wir können uns wunderbar unter die Menschen mischen, aber dazu muß die Kirmes erst voller Leben sein.
– Was hältst du davon, wenn wir uns in den Toiletten einschließen, bis hier mehr los ist?
Schwänchen ist ein Genie.
– Laß uns die hintersten nehmen, Jungs, die bleiben am längsten unbenutzt. Wenn richtig Rummel ist, werde ich an eure Türen klopfen und irgendwas Unverfängliches rufen: Schatz, bist du bald soweit, die Kinder wollen noch zur Rutsche. Wir nehmen Nummer 1280 bis 1288, okay? Damit ich nicht an die falschen Türen klopfe.
Die anderen verschwinden hinter den blauen Plastiktüren. Nur der Nutzlose bleibt zurück.

– Was ist?
– Ich kann nicht.
– Wieso?
– Ich kann nicht.
– Wieso denn?
– Eng.
– Wo willst du warten?
– Ich werde zurückgehen. Das ist nichts für mich.
– Für uns auch nicht, wir müssen hier nur durch.
– Ich kann nicht. Sie werden mich sehen.
– Wir beschützen dich.
– Sie werden mich sehen. Ich kann nicht reden. Ich werde euch Unglück bringen. Ich gehe zurück.

NEWS-TV LIVE

Ron! Hier passiert was. Ihr müßt uns jetzt … verdammte Werbung. Bildregie, ihr müßt unterbrechen, pennt ihr denn? Rauchbomben, das ist ein Angriff nach allen Regeln … die lassen stürmen. Das ist die Befreiungsaktion … Nein, Debis ist nicht mehr bei mir … ist gerade ausgestiegen. Ich mach das jetzt allein. Hubschrauber! Wir brauchen Bilder von der Wasserstelle neben der Autobahn, ein Teil der Männer ist von dort … das ist geplant, die haben dort die Spezialkräfte in Stellung gebracht … noch zehn Sekunden? Also dann …

Wir sind wieder in Autopol. Die Ereignisse überstürzen sich. Sie sehen einen Befreiungsangriff auf den Transporter mit den Geiseln, vor einigen Sekunden hat es gekracht, Explosionen, Rauch, Sicherheitskräfte haben sich von der Brücke, die Sie im Hintergrund sehen, auf das Dach des Transporters abgeseilt, ganz schnell ging das alles, die vermummten Männer, überall ist Rauch, wir sehen auch nicht mehr als Sie, meine Damen und Herren … Die schwerbewaffneten Spezialeinheiten dringen gerade in den Iso-Transporter ein, wir hören Schüsse, Gewehrfeuer, o Gott, es wird geschossen im Transporter, hoffentlich werden die Geiseln jetzt nicht hingerichtet, Polizeihubschrauber landen jetzt neben dem Transporter, ein ohrenbetäubender Krach … leider wissen wir nicht mehr als Sie, keiner kann momentan sagen, was drinnen passiert, es wird weiterhin geschossen, das hören wir, aber … leider kann man nicht genau erkennen, was sich abspielt. Die Kabine des Transporters, das habe ich Ihnen, glaube ich, nicht gesagt, wurde gleich am Anfang gesprengt, mit einer unglaublichen Präzision, der Transporter kam dort zum Stehen, wo die Spezialeinheiten postiert waren …

... Jetzt kommen die ersten Sanitäter heraus, ein Mann mit blutüberströmtem Gesicht, aber ich kann nicht erkennen, ob es sich um eine Geisel oder einen Häftling handelt. Mehrere Tragen mit Verletzten werden zum Hubschrauber gebracht. Die Männer von der Spezialtruppe scheinen mehrere Geiselnehmer abzuführen ... nein, doch, ich sehe, die Männer sind

kahlköpfig, und ja, wunderbar, jetzt zeigt die Kamera drauf, der eine Soldat hat eine Perücke in der Hand, ja, schwenk sie nur, ein stolzer Augenblick, das war eine tolle Leistung ... Gerade kommt der Pressesprecher von TETA zu mir herein, er ist schweißüberströmt und hat einen roten Kopf, das darf ich doch sagen, Herr Bart, oder? Sie haben Großartiges geleistet, sagen Sie uns doch, kann man schon eine erste Bilanz ziehen?

– Die Spezialeinheiten haben ihren Auftrag im großen und ganzen erfüllt. Mehrere Geiselnehmer sind bei dem Schußwechsel ums Leben gekommen. Ob alle Geiseln unverletzt befreit werden konnten, kann ich zum jetzigen Zeitpunkt leider noch nicht sagen. Wir hoffen es sehr. Wir haben uns schweren Herzens zum Sturm auf den Transporter entschlossen. Wir können terroristischer Erpressung nicht nachgeben. Mehr erfahren Sie auf der Pressekonferenz, die wir in einer Stunde abhalten wollen.

20

Sten Rasin

Jemand hat gerade versucht, meine Tür zu öffnen. Wenn das kein Beweis ist, daß inzwischen genug Menschen da sind. Wir stehen am Eingang neben einem Blumenstand und beschließen sofort, uns aufzuteilen. Zirkel will allein abhauen, er grinst und sagt: Ich will nur einmal Karussell fahren, dann dreht er sich um und ist in der Menschenmenge bald nicht mehr zu sehen. Die anderen verschwinden auch, jeweils zu zweit. Schwänchen, Klept und ich bleiben zurück.

– Stürzen wir uns ins Gewühl. Ich sorge dafür, daß wir am Ende des Tages etwas Cash in den Taschen haben.

– Ich will mal sehen, ob die Würstchen was taugen. Es riecht verdächtig nach ranzigem Öl.

– Und ich lade euch zur Feier des Tages zu einer Runde Geisterbahn ein – der Journalist war spendabel.

Erlösung pünktlich zur Silberhochzeit

Für Michael Walden, Pilot in Autopol, stand fest: Er würde ausgerechnet am Tag seiner Silbernen Hochzeit sterben. Schüsse, Schreie. »Dann hat mich jemand aus dem Fahrzeug gezogen. Alles ging blitzschnell. Als ich wieder zu mir gekommen bin, war ich frei.«

Drei Stunden nach dem spektakulären Sturmangriff auf den Transporter, bei dem zwei Geiseln und 32 Häftlinge ums Leben kamen, sitzen Walden und seine Frau an einem Tisch. Vor ihnen Kaffee und Kuchen. Das Paar macht einen gefaßten Eindruck. Die Gäste zu ihrem Hochzeitstag sind Journalisten. »Wie durch ein Wunder bin ich unverletzt geblieben«, sagt Walden auf dieser improvisierten Pressekonferenz. »Ich bin überglücklich, wieder bei meiner Frau zu sein.«

Das Verhältnis der Geiseln untereinander sei gut gewesen: »Wir haben uns geholfen, wo es ging. Ich weiß nicht, wie ich das sonst durchgestanden hätte.«

In den vielen Stunden quälender Gefangenschaft habe man sich ständig gefragt, ob es eine friedliche oder gewaltsame Lösung geben würde: »Wir wußten, daß die Kerle niemals aufgeben. Wir haben aber trotzdem immer auf ein friedliches Ende gehofft.«

Der Ausgang der Befreiungsaktion ist für ihn tragisch: »Um die Häftlinge tut es mir kein bißchen leid. Die haben es nicht anders verdient. Aber die zwei toten Geiseln ... Einer von den beiden Getöteten war mein Freund, mit dem habe ich schon seit Jahren in Autopol zusammengearbeitet.« Walden ringt sichtlich um Fassung. Ein Polizeipsychologe bittet darum, keine weiteren Fragen mehr zu stellen. Walden und seine Frau halten sich bei der Hand. Ob die beiden demnächst nochmal in die Flitterwochen fahren?

Grauen im Wald

Rentner Hubert K., der seinen Cockerspaniel Gassi führte, machte eine grausige Entdeckung. Im Wald von Beeba stolperte er gestern nachmittag über die schrecklich zugerichtete Leiche einer jungen Frau. »Ohne meinen Hasso«, sagte der stolze Hundebesitzer, »hätte die Arme da noch wochenlang gelegen.« Wie die Polizei berichtet, ist die Frau noch nicht identifiziert. Einziger Hinweis auf den Täter sind die blutigen geometrischen Zeichen, die in die Haut des Opfers eingeritzt wurden.

Der Autor Ilija Trojanow ist im Internet
per E-mail erreichbar unter:
Ilija_Trojanow@magicvillage.de

Die in AUTOPOL abgebildeten Fotografien sind von Gerald Giesecke, Silke Hübert, Rudi Leitermann, Peter Neusser und Ilija Trojanow. Sie erscheinen mit freundlicher Genehmigung des jeweiligen Künstlers.

Ilija Trojanow im dtv

»Urplötzlich wechselt er ins Phantastische oder Groteske. Er verwebt Orientalisches mit Westlich-Technischem, tobt sich im Detail aus, um dann zum kühnen Zeitensprung anzusetzen. Kurz: Er überrascht, wo er nur kann.«
Der Spiegel

In Afrika
Mythos und Alltag Ostafrikas
dtv 12284

»Afrika ist vielleicht der Teil der Welt, in dem es noch am meisten zu entdecken gibt.« Ein wunderschöner Bericht über Ostafrika, die Landschaft und Städte, aber in erster Linie über die Menschen dort. Ein Bericht, der sich durch gründliche Kenntnis und ein tiefgehendes Verständnis, vor allem aber durch ungebremste Begeisterung für den »dunklen Kontinent« und seine Möglichkeiten auszeichnet.

Autopol
in Zusammenarbeit mit Rudolf Spindler
dtv 24114

Sten Rasin mag das schöne neue Europa des 21. Jahrhunderts nicht. Doch bei der jüngsten Aktion seiner Widerstandsgruppe wird er geschnappt. Einmal zu oft. Er wird »ausgeschafft«, dorthin, von wo es kein Zurück gibt – nach Autopol, zu den anderen, die man draußen nicht will, vor denen man Angst hat. Aber Rasin ist kein gewöhnlicher Krimineller. Er ist Idealist, ein Kämpfer, und er will zurück in die Freiheit. Schnell schafft er sich auch in Autopol Verbündete ... ›Autopol‹ entstand als *novel in progress* im Internet, zusammen mit der ›aspekte‹-Online-Redaktion. Aus dem literarischen Experiment ist eine spannende Science-fiction Story geworden, ein Buch mit neuen Dimensionen.

Isaac B. Singer im dtv

»Ohne Leidenschaft gibt es keine Literatur.«
Isaac B. Singer

Feinde, die Geschichte einer Liebe
Roman · dtv 1216
Ein Mann lebt in einer fatalen Konstellation zwischen drei Frauen.
1990 erfolgreich verfilmt.

Das Landgut
Roman · dtv 1642
Kalman Jacobi, ein frommer Jude, pachtet 1863 ein Landgut in Polen und gerät mit seiner Familie in den Sog der neuen Zeit.

Schoscha
Roman · dtv 1788
Eine Liebesgeschichte aus dem Warschau der dreißiger Jahre.

Das Erbe
Roman · dtv 10132
Kalman Jacobis Familie im Wirbel der Veränderungen um die Jahrhundertwende.

Eine Kindheit in Warschau
dtv 10187
Singers Kindheit im Warschauer Judenviertel.

Verloren in Amerika
dtv 10395
Singer als einsamer Emigrant in New York.

Die Familie Moschkat
Roman · dtv 10650
Eine Familiensaga.

Old Love
Geschichten von der Liebe
dtv 10851

Der Kabbalist vom East Broadway
dtv 11549
Jiddische Geschichten vom East Broadway.

Der Tod des Methusalem
und andere Geschichten vom Glück und Unglück der Menschen
dtv 12312

Der König der Felder
Roman · dtv 24102
Mythenartig und humorvoll erzählt Singer von der Entstehung des polnischen Volkes.

Rafik Schami im dtv

»Meine geheime Quelle ist die Zunge der anderen. Wer erzählen will, muß erst einmal lernen zuzuhören.«
Rafik Schami

Das letzte Wort der Wanderratte
Märchen, Fabeln und phantastische Geschichten
dtv 10735

Die Sehnsucht fährt schwarz
Geschichten aus der Fremde · dtv 10842
Erzählungen vom ganz realen Leben der Arbeitsemigranten in Deutschland.

Der erste Ritt durchs Nadelöhr
Noch mehr Märchen, Fabeln & phantastische Geschichten · dtv 10896

Das Schaf im Wolfspelz
Märchen & Fabeln
dtv 11026

Der Fliegenmelker und andere Erzählungen
dtv 11081
Geschichten aus dem Damaskus der fünfziger Jahre. Im Mittelpunkt steht der unternehmungslustige Bäckerjunge aus dem armen Christenviertel, der Rafik Schami einmal gewesen ist.

Märchen aus Malula
dtv 11219
Rafik Schami versteht es, in diesen Geschichten den Zauber, aber auch den Alltag und vor allem den Witz und die Weisheit des Orients einzufangen.

Erzähler der Nacht
dtv 11915
Salim, der beste Geschichtenerzähler von Damaskus, ist verstummt. Sieben einmalige Geschenke können ihn erlösen. Da schenken ihm seine Freunde ihre Lebensgeschichten...

Eine Hand voller Sterne
Roman · dtv 11973
Alltag in Damaskus. Über mehrere Jahre hinweg führt ein Bäckerjunge ein Tagebuch...

Der ehrliche Lügner
Roman · dtv 12203
Der weißhaarige Geschichtenerzähler Sadik erinnert sich an seine Jugend, als er mit seiner Kunst im Circus India auftrat. Und an die Seiltänzerin Mala, seine große Liebe...

Umberto Eco im dtv

»Daß Umberto Eco ein Phänomen ersten Ranges ist, braucht man nicht mehr eigens zu betonen.«
Willi Winkler

Der Name der Rose
Roman
dtv 10551
Daß er in den Mauern der prächtigen Benediktinerabtei das Echo eines verschollenen Lachens hören würde, damit hat der Franziskanermönch William von Baskerville nicht gerechnet. Zusammen mit Adson von Melk, seinem jugendlichen Adlatus, ist er in einer höchst delikaten Mission unterwegs...

Nachschrift zum ›Namen der Rose‹
dtv 10552

Über Gott und die Welt
Essays und Glossen
dtv 10825

Über Spiegel und andere Phänomene
dtv 11319

Das Foucaultsche Pendel
Roman · dtv 11581
Drei Verlagslektoren stoßen auf ein geheimnisvolles Tempelritter-Dokument aus dem 14. Jahrhundert. Die Spötter stürzen sich in das gigantische Labyrinth der Geheimlehren und entwerfen selbst einen Weltverschwörungsplan. Doch da ist jemand, der sie ernst nimmt...

Platon im Striptease-Lokal
Parodien und Travestien
dtv 11759

Wie man mit einem Lachs verreist und andere nützliche Ratschläge
dtv 12039

Im Wald der Fiktionen
Sechs Streifzüge durch die Literatur
dtv 12287

Die Insel des vorigen Tages
Roman
dtv 12335
Ein spannender historischer Roman, der das Zeitalter der großen Entdeckungsreisen in seiner ganzen Fülle erfaßt.

Graham Greene im dtv

»Bei Graham Greene ist Schuld die menschliche Unzulänglichkeit vor dem Schicksal, und Sühne ist nicht die absolute Verdammnis.«
Eberhard Thieme

Ein Mann mit vielen Namen
Roman
dtv 11429

Orient-Expreß
Roman
dtv 11530

Ein Sohn Englands
Roman
dtv 11576

Zwiespalt der Seele
Roman
dtv 11595

Das Schlachtfeld des Lebens
Roman
dtv 11629

Das Attentat
Roman · dtv 11717

Die Kraft und die Herrlichkeit
Roman · dtv 11760

Der dritte Mann
Roman
dtv 11894

Das Herz aller Dinge
Roman
dtv 11917

Jagd im Nebel
Roman
dtv 11977

Unser Mann in Havanna
Roman
dtv 12034

Der stille Amerikaner
Roman
dtv 12063

Der Mann, der den Eiffelturm stahl und andere Erzählungen
dtv 12129

Der Honorarkonsul
Roman
dtv 12187

Die Stunde der Komödianten
Roman
dtv 12199

JEDEN

JETZT ERZÄHLT JEDEN MONTAG GUTE GESCHICHTEN ...

MONTAG

... ÜBER MENSCHEN UND MUSIK, POP UND POLITIK, SPORT UND ...

JETZT

... MODE UND ALLES, WAS SONST IM LEBEN WICHTIG IST.

J E T Z T

UND DIE SÜDDEUTSCHE ZEITUNG
JEDEN MONTAG FREI HAUS.

J E D E N

MIT DEM JETZTTAGSABO DER SÜD-
DEUTSCHEN ZEITUNG.

M O N T A G

INFORMATION: WWW.JETZT.DE
TELEFON: 089/21 83 84 10

DAS HEFT, DAS MONTAGS IN DER
SÜDDEUTSCHEN ZEITUNG LIEGT

Süddeutsche Zeitung jetzt